「鳥の瞑想」で開く
第三の視点とメタ認知の奇跡

たった10分の積み重ねが
人生を変える

天外伺朗

明窓出版

巻頭言「最先端の教育実践」

かえつ有明中・高等学校　校長

小島貴子

本書が、天外伺朗氏の本校訪問をきっかけに誕生したと伺い、嬉しく光栄に思いました。本校では、プロジェクト学習、ＮＶＣ（共感的コミュニケーション）、マインドフル瞑想など様々な手法を取り入れ、生徒と教師も含めて、学校全体が育っていく試行錯誤の過程にあります。

その中で、天外氏が主宰する「教育と子育てを皆で探求しよう」というセミナーの訪問校に選ばれ、そこから本が一冊生まれるということは、私たちにとっても大きな励みとなります。

いま、日本の教育界は、大きな転換期を迎えております。かつては、「いい学校→いい会社」という強固なレールに乗って、日本中が受験競争にしのぎを削っていました。もちろん、いまでもその傾向は強く残っていますが、教育界全体は少しずつ、そこからは真の人間成長と幸せを見いだすことができないと気づきはじめ、次のフェーズを模索しつつあります。

私の教育信条は、「教育の未来には、夢と希望がある」であり、まだ十分には姿を見せていない次のフェーズに夢と希望を感じて、子どもたちや先生たち、保護者も巻き込み一緒に果敢に新しい取り組みに挑戦していきたいと思っております。

本書の中の一文、「鳥」には、何らアクティブな役割はなく、ただひたすら見ているだけですが、その見方には次の条件があります。

「冷静に・客観的に・中立的に・いい悪いの判断をしないで」見守る、というものです。

まさに、これこそが教員の在り方と改めて感じました。

このタイミングで、本書が出版されたということは、大きな意義があり、私たちも学びを深めていきたいと思います。

まえがき

本書は、「深淵で神秘的な、人間の心の働きのメカニズムを、中学生でもわかるように、すらすらとやさしく読めるように書けないか？」という挑戦です。

いままで、１００冊以上の本を書いてきましたが、元々が開発エンジニアだったせいか、どうしても論理的で固い表現になりがちでした。詩とまではいかないまでも、論理よりも情緒の香り漂う、読みやすい散文が書けないだろうか！

単に、「心の深淵なる働き」を書くだけでなく、それに基づく「瞑想ワーク」も提案しています。そして、中学生、高校生にも、その「瞑想ワーク」を実行してほしいという願いがあります。

でも、なぜそのような「瞑想ワーク」が必要かを心から納得していただけないと、誰もそんなややこしいワークには取り組んでくれないでしょう。

だから、冒頭の挑戦になったのです。

結論として、文章を紙面上半分程度にとどめ、下半分をイラストで埋め尽くそう、ということになりました。文章の力不足をイラストで補う、という作戦です。

これは、「オトナの絵本」という新しい試みです。

以前、「フロー経営」に関するマンガ（巻末参考文献［1］）を一緒に造った、イラストレーターの小川健一さんと、子ども向けの絵本［2］を刊行してくれたことがある明窓出版の麻生真澄社長の賛同を得て、天外伺朗83歳、渾身の挑戦です！（笑）

まずは、本書がどういう経緯で造られ、どういう背景と意味を持っているかをお話ししましょう。

２０２４年７月２日、20余名で「かえつ有明中・高等学校」という私立の中高一貫校を訪問しました。私が主宰する「天外塾」の中の、「教育と子育てを皆で探求しよう」というセミナーの活動の一環です。

詳細は8章でお話ししますが、その時、ひとりの女子高生が、

「何をいわれても傷つくことはないですね！」

といったことから、本書の企画を思いつきました。

小グループでのダイアログでしたが、他の五人の女子高生は、誰かに何かをいわれたときにそれぞれに傷ついた体験を話してくれたのですが、この子だけは、「傷つくことがない」というのです。

じつは、この子は「メタ認知」を獲得していました。

ほとんどの読者にとって、「メタ認知」というのは初めて聞く単語だと思います。「メタ認知」とは、自分の視点を離れて、第三者の眼でものごとを眺められるようになることですが、もしこれが獲得できれば、単なる視点の移動をはるかに超えて、人生が根本

的に変わり、大きな飛躍につながります。

本書は、「メタ認知」とは何か、どういう効能があるのか、どうしたら獲得できるのかを、中・高生にもわかるようにやさしくお伝えする、という企画です。

教育にとっても、「メタ認知」がとても大切だ、という気付きがその背景にあります。

「天外塾」では、２００５年から１５００人を超える塾生の「実存的変容」と呼ばれる意識の変容をサポートしてきましたが、２０１３年に「メタ認知」の重要性に気付き、どうしたら獲得できるかのメソッド作りを工夫してきました（9章、10章）。

本書では、それを教育にまで援用しようとしています。

熱心に修行を志してくれる大人たち（天外塾塾生）と違って、周囲にいくらでも楽しいことがある中・高生にも興味を持ってもらえるように、先に述べた様々な工夫（オトナの絵本）をしたのです。

さて、ここからは中・高生向きというよりは、教育関係者、先生方、親御さんたち向きの話になりますが、ちょっとだけお付き合いください。

教育の世界では、いまの公教育の限界を指摘する声が、だいぶ前から上がっています。日本は、明治以来、私が「国家主義教育学」と名付けた教育を実施してきました。これは、国や組織に献身する「戦士」を育てる教育です。

明治時代は「富国強兵」が功を奏し、列強の植民地になることを免れました。戦後は、一面焼け野原の中から「企業戦士」が大活躍し、日本は奇跡の復興を成し遂げました。二度にわたって、「国家主義教育学」は大成功を収めたのですが、ここに来て制度疲労が目立つようになってきました［3］。

何かのために尽くす「戦士」ではなく、その子本来の人間力を育てる教育学も、はるか昔から存在しており、私は「人間性教育学」と名付けています。日本では、大正時代に短期間栄えたことがありますが、明治以来、ほとんど一貫して公教育からは排除されてきました。

「国家主義教育学」が「与える教育」なのに対して、「人間性教育学」は「引き出す教育」です［3］。

その「人間性教育学」の世界では、ここ10～20年でとても大きな新しい流れが始まっています。その流れを象徴するのが、「ＰＢＬ（Project Based Learning）」、「ＳＥＬ（Social Emotional Learning）」、「システム思考」という三つの言葉です。

「ＰＢＬ」というのは、プロジェクトを推進する中で、子どもたちが自律的に智慧を身に着けていく、という教育で、約１００年の歴史がありますが、最近、テーマの設定から指導法まで大きな進展がありました。

「ＳＥＬ」というのは、「社会性と情動の学び」と訳されていますが、日本の公教育における道徳教育が、どちらかというと上から「枠」を押し付ける傾向があるのに対して（与える教育）、子どもたちが自分で自分自身を顧（ルビ　かえり）みる力を伸ばし、「気づき」を促す、という方向性です（引き出す教育）。

「システム思考」というのは、社会的な問題をコンピュータでシミュレーションしようとする「システム・ダイナミクス」がルーツです。いままでの世の中は、「原因→結果」

という単純な直線関係でものごとを説明しようとしてきましたが、これは、ごく単純で局所的な問題にしか有効ではありません。

現実、特に大規模な社会現象は、フィードバックが多重にかかった複雑な構造を読み解かなければいけません。しかも、その中には、人間心理という定量化しにくい要素が絡んでいます。

ピーター・センゲ（＊１９４７年～。アメリカのシステム科学者）は、人間心理を上手に扱うための「メンタルモデル」などの概念と、それを駆使した方法論を提唱し、このむずかしい問題の突破口を開きました。

コンピュータ・シミュレーションのツールも用意されていますが、コンピュータを使わなくても、多くの事柄がどう関連しているのかを紐解いていく発想がトレーニングされます。

なお、本書のAPPENDIX（巻末資料）でご紹介している、「あけわたし瞑想」は由佐美加子さんが提唱された「メンタルモデル」という概念がルーツです。これも、「システム思考」から生まれました。

この「人間性教育学」の新しい潮流を象徴する本が、2022年に刊行されました。

「EQ」で名を馳せた、「SEL」の提唱者の一人でもあるダニエル・ゴールマン（＊1946年～。アメリカの心理学者、作家）と、「システム思考」の提唱者であるピーター・センゲの共著本『21世紀の教育』［4］です。

この本の原題は「The Triple Focus」であり、次の三つのポイントに焦点を当てて教育を論じています。

① 自身（inner）
② 他者（other）
③ 外の世界（outer）

本書の提案は、それにさらに、
④ メタ認知（meta-cognition）
……を加えようというものです。

その提案を、行政も教育界もぶっ飛ばして、中・高生に直接アプローチできないか、というのが本書の乱暴な野望です。実際にやってみて効果があれば、特に行政も教育界も必要ないからです。

じつは、本書の執筆を後押しする、もうひとつの共時性がありました（ここからまた、中・高生向きの話に戻ります）。

天外塾で推し進めている、「実存的変容」という意識の変容に至る道はいくつかありますが、その中で、「あけわたし」というのが際立っています。

「あけわたし」というのは、自己中心的な「自我（エゴ）」の働きをちょっと弱め、もっと本質的な「宇宙の流れ」のようなものに身をゆだねていく生き方です。「宇宙の流れ」のかわりに「神」とか「阿弥陀如来」などをもってくると、キリスト教や他力の教え（浄土宗、浄土真宗）の教義とあまり違いません。神や阿弥陀如来に、全面的にゆだねるという感じです。そこから、宗教色を抜いたもの、とお考えいただいてもいいと思います。

「あけわたし」がうまくいくと、その人も、その人の周囲もとてもスムースに時間が流れるようになります。宗教なら「神の恩寵」、「阿弥陀如来のお陰」というような、ラッキーなことが次々に起きるようになるのです。

たまたま、湯河原の旅館の女将が「あけわたし」による変容を遂げ、その劇的なストーリーを本にまとめようとしておりました。ところが、執筆が二年半も遅れてしまい、ごく最近ようやく上梓しました（『あけわたしの法則』[5]）。

遅れたおかげで、「あけわたし」のための瞑想ワークが新しくなり、そのスートラ（意味のある祈りの言葉）に、たまたま天外塾にご参加いただいていた「かえつ有明中・高等学校」の佐野和之副校長の作品が採用になりました。女子高生に引き続いての「かえつ有明」の登場で、ちょっとびっくりです。

この瞑想ワークを、毎朝・毎晩実行することにより、「あけわたし」が達成され、「実存的変容」に近づけます。

じつは「あけわたし」と、「メタ認知」は密接な関係にあることもわかっています。

本書では、APPENDIX にその瞑想法を掲載します。

これも含めると「The Triple Focus」に、

⑤　あけわたし（surrender）

……が加わり、全部で「The Quint（五つの）Focus」ということになります。

なお、「システム思考」は、人間心理を扱っていますが、意識レベルのみですべてを説明しようとしています。それに対して、天外は、深層心理学が解明してきた無意識の働きを重視しており、そのために瞑想ワークを取り入れています。

いままでの教育学でも、間接的には無意識の働きを配慮していましたが、正面から無意識からアプローチしようとしている試みは多くはありません。

本書はそれに果敢に挑戦しており、教育の世界に新しい潮流を引き起こせないかと、密かな野望の火を燃やしています。

これがもし、世の中の賛同が得られればとても嬉しく思います。

中・高生に読んでほしいんだけど、届くかな？

目次

1：メタ認知への誘い――「心の眼」を開く

「プ～～ン」

蚊の羽音が聞こえてきました。
身体が動かないように注意しながら、
半眼の目玉だけを動かして蚊の行方を追います。

「プ～～ン」

姿を捉えることはできないのですが、
蚊は自由に飛び回っており、
羽音はどんどん大きくなってきて、
ついに頬にとまりました。

「クソッ！」

……いまは坐禅中、叩くわけにはいきません。

身体を動かしてもいけません。
百面相のように顔の筋肉だけを動かして、
蚊にメッセージを送ります。

「俺は、お前が血を吸っているのを知っているぞ！
いつでも叩き潰せるのだぞ！　早く逃げろ！」
おそらく、外から眺めたら、とんでもなく
おかしな表情をしていると思いますが、
さいわいにも暗いので、蚊とバトルしている
百面相は誰にもバレません。

こうなってくると、もう
姿形は坐禅の格好をしていますが
心は乱れに乱れており、坐禅どころではありません。
頬にとまって血を吸っている蚊が、

やけに大きく感じられ、そのうっとうしさに
圧倒されています。
百面相を続けながら、歯を食いしばっておりました。

そのうちに、血を吸い終わった蚊が、
嬉しそうな羽音を立てて頬を離れて
飛び去りました。
バトルは、蚊の完全勝利に終わりました。

ここは、北軽井沢の日月庵坐禅堂。
8月初旬というのに、あけ放った窓からは
晩秋のようなひんやりした風が入り、
ろうそくの炎で20余名の座像が揺らいでいます。

臨済宗の松原泰道《たいどう》師（＊1907～2009）の

ご指導による坐禅合宿の一コマです。

この坐禅堂には、前衛彫刻家の根本土龍《どりゅう》氏作の
地蔵像が安置されています。
独特の雰囲気と気品を漂わせた美しい地蔵像ですが、
「仏像など彫ったことがない」と固辞する根本氏に、
「孫の供養のために……」と、松原師が懇願したそうです。

坐禅堂の両側は、70㎝程の台になっており、
その上に坐禅者がずらりと並んでおります。
真ん中の通路を師が警策を垂直に持って
時折歩かれます。

私は、合掌して頭を下げました。
警策をお願いします、という合図です。

もうじき90歳になられるというのに、師の警策はとても力強く、肩と背中に快い痛みが走りました。
これで、蚊とのバトルで乱れた心が少しは整うでしょうか……。

この合宿からさかのぼること数年前、私は、『ここまで来た「あの世」の科学』という本を上梓しました［6］。

量子力学が発展してきた結果、科学がいままで宗教が説いてきた内容を裏付け始めた、ということがテーマです。

そして、推薦文を松原泰道師にお願いしました。

師はひと晩で推薦文を書かれ、

翌朝取りに行った編集者に、次のようにいわれました。

「これは恩書です。
人に恩人があるように、
本にも恩書があります。
この歳になって（当時87歳）
こんな恩書に巡り合うとは
思ってもみませんでした」

この言葉に、私は激しい衝撃を受けました。
まだ、52歳の企業戦士だったころの話です。
すでにＣＤ（コンパクトディスク）の発明者として世の中の称賛を浴びており、
若くしてソニーの取締役にも就任していました。

ＣＤの後、NEWSと名付けたワークステーション（業務用コンピュータ）を開発して大ヒットし、ソニー中のコンピュータ・ビジネスを束ねた事業本部長に就任し、しかも研究所長も兼任していました。世間的に見れば、成功者です。

ところが、コンピュータ・ビジネスの赤字がかさみ、ごうごうたる非難の中にあり、この後、間もなく事業本部長のほうはクビになりました。ペンネームで本を書き、ベストセラーを連発しておりましたが、会社側にばれてしまい、「書くな！」という強いプレッシャーがありました。

松原泰道師のお言葉は、そんな社内の葛藤を、すべてぶっ飛ばすほどの威力がありました。

つたない、こんな私が書いた本を、天下の高僧が
喜んでくださる！　もうこれだけで十分だ！
企業の価値観も、出世も糞食らえだ！
それから数年はかかりましたが、私は、
企業戦士の鎧《よろい》を徐々に脱ぐことができました。
相変わらず、上からは「本を書くな！」という圧力が
強かったのですが、それを無視して書き続けました。

この当時、松原泰道師の名前は
世の中に轟《とどろ》いておりました。
ところが、師が世の中に知られるようになったのは、
65歳の時であり、『般若心経入門』が
１００万部を超える大ヒットをしてからです。
禅僧にとって、「お師家《しけ》さんになる」というのが、共通の夢です。

要するに坐禅の指導者になることです。
ところが、師は若くしてその道を絶たれ、
「説教師になれ」といわれてしまったそうです。
その時は、相当ショックだったと
ご本人が語っておられます。

それでも、「日本一の説教師になる！」と
気を取り直し、猛勉強をしたそうです。
ところが、せっかく万端の準備をしたのに
講演会に誰ひとり聴衆が来ないことも
当初は多かったそうです。
それでも、師はお話をされたといいます。

「壁も聞いている。畳も聞いている……」
何度聞いても、この話は涙が出ました。

もちろん、『般若心経入門』以来、
師は大人気になり、講演依頼が殺到するように
なりました。北軽井沢の坐禅堂も、講演料で
建った、とおっしゃっていました。

「私が死んだら、すぐその日から地獄で説法します」

……というのが、師の口癖でした。

「どうして地獄なんですか？」という質問に対して、

「うっかり極楽に行ってしまうと、皆さん誰ひとり
来ないでしょう（笑）」


師は、２００９年７月29日に遷化《せんげ》されました。

いまごろは、地獄で説法をされていることでしょう。


私も、もうじき参ります（笑）。

2：坐禅が教える「もう一人の自分」――内なる観察者の誕生

「泣いている我……」

その日の松原泰道師の説法は、無言のまま始まり、いきなりホワイトボードに文字を書かれました。

一同、あっけに取られて見ていると、どうやら短歌のようでした。

泣いている
　我に驚く
　我もいて
恋は静かに
　終わろうとする

「手ひどい失恋のようですね。でもこの子はすぐに立ち直るでしょう。何故かというと自分を客観的に見ているもうひとりの自分がいるからです」
師の説法は、いきなり深いところに入っていきました。

この短歌は、『サラダ記念日』という短歌集で1987年に280万部という記録的な大ヒットを飛ばした俵万智《たわらまち》の作です。

……サラダ記念日……

「この味がいいね」と君が言ったから
7月6日は　サラダ記念日

口語を使った清新な表現で短歌界の常識を破り、与謝野晶子以来の天才歌人といわれました。
これは、パートナーが料理をほめてくれた、という喜びの歌ですね。
この時点では、まだ俵万智はパートナーと蜜月な関係にあったことがわかります。

3，11の原発事故の後、彼女は放射能を避けて子どもを連れて石垣島に移住しました。

「オレがいま
マリオなんだよ」
島に来て
子はゲーム機に
触れなくなりぬ

私はいま、教育関係のセミナーを
かなりの頻度で開いていますが、
ゲーム機に夢中になる子どもと
どう接したらいいかという話題が出るたびに
この短歌を引用しています。
石垣島に移住した時点で、彼女はもう
パートナーとは別れて、子どもと二人きりでした。

つまり、冒頭の松原泰道師が提示した短歌は、
俵万智が長年連れ添って、子どもまで設けた
パートナーとの別れ、しかもどうやら一方的に
捨てられた、という状況のようです。
そういう張り裂けそうな心を抱えて
泣いているのですが、それを見ている

もうひとりの自分がいる、というのです。

師はホワイトボードに、「坐」という字を書かれました。

「坐禅の坐ですね。土の上に人が二人坐っています。
こちらが泣いている我、こちらがそれを見ている我です。
彼女は、この字の通り、同じ大きさで『我』が二人いるのですね。
こういう人は強いですよ！　何があってもくじけません！」

「自分の中にもうひとりの自分がいる？？？」

聞いているほうは訳が分かりません。

師は、素早くそれを察知されます。

「皆さんのお顔に、クエッションマークがいっぱいですね……。
無理はありません。それは皆さんの坐が

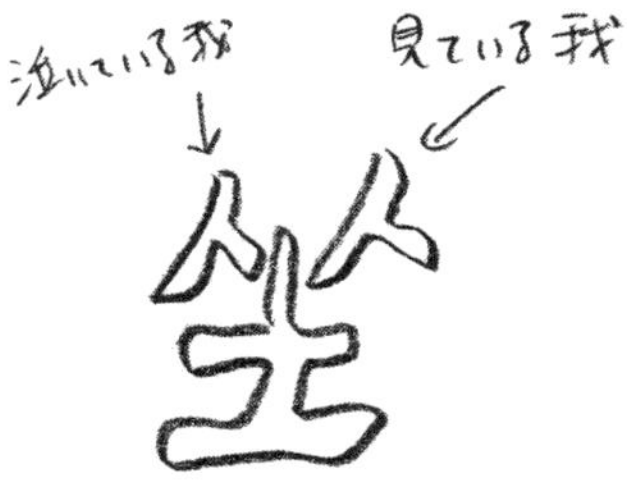

こうなっているからです」

師は、ホワイトボードに右側の「人」が極端に小さい「坐」の字を書かれました。

「いっぱい坐ってください。坐れば坐るほど、もうひとりの自分が育ってきます」

師はちょっと小声になり、

「じつはこれは、内緒の話なんですよ」

と念を押されました。

禅宗では、坐禅の効能を説いてはいけないのだそうです。

何も考えないでひたすら坐れ、というのが基本であり、臨済宗では公案といって、考えても考えてもわからない課題が出て、思考や言語の世界からむしろ離れることを促しますが、効能は説かないそうです。

般若心経でも、次のようにいっています。

無《む》智《ち》亦《やく》無《む》得《とく》

（智慧もなく、智慧を得ることもない）

効能というのは、何かを得ることですが、それは悟りとは逆方向だ、ということです。私たちは、日常生活では知識やノウハウや技術・技能を身に着けようと努力しますが、宗教が求めているのは、それではないようです。

師が説かれた、坐禅を続けると「もうひとりの自分」が育ってくる、ということは、おそらく師が、ご自身の坐禅体験の中で発見されたのでしょう。

そして、それが、とても効能が高いので、私たちに
こっそりと伝えようとされたのだと思います。
たまたま、俵万智の短歌の中にその神髄を見つけ、
わかりやすいように説法を工夫されたのでしょう。
さすが「日本一の説法師」といわれるだけあって、
すごい工夫をされています。
お話は、しみじみと心に沁みます。

しかしながら、この時点では「もうひとりの自分」が育つ
ということはどういうことなのか、
出席した人の中でしっかりわかった人は、
おそらくひとりもいなかったと思います。

あれから三十余年がたって、私の中にも
「もうひとりの自分」が少しずつ育ってきて、

師が説いた言葉の重さに鳥肌が立つ感があります。

じつは、「もうひとりの自分」が育つ、ということは、
心理学の用語を使うと**「メタ認知」**を獲得する、
ということになります。

「メタ認知」とは何か？

それは、本書一冊を通して皆様に
お伝えしようとしている内容です。
いまこの本は、読者の皆様を、
俵万智の心境にいざなおうとしております。

3：感情解放が導く自己変革 ―― 涙が語る心の真実

「あっ！」自分でもびっくりしました。
急にこみあげてきて、泣き出してしまったのです。
私は、ステージの上に立っており、
目の前には、１０００人を超す聴衆がいます。
講演中に講演者が泣きだしたら、
すべてが止まってしまいます。
２００４年４月、「南《な》無《む》の会」年次大会のひとこまです。

「南無の会」というのは、松原泰道師が主宰する会で、
仏教の様々な宗派が集まって、一緒に活動しましょう
という主旨です。
始めと終わりに全員で「ナーム」という以外は、
一切の制約がない自由な会です。

師の仁徳のおかげで、それぞれの宗派の重鎮の方々がとても協力的で、素敵な会になっていました。

私は、毎年出席しておりましたが、この年は基調講演に呼ばれたのです。

ちょうど10年前に、『ここまで来た「あの世」の科学』を書き、師の推薦文をいただいたという話をしておりました。

事業本部は赤字がかさみ、社内ではぼこぼこに叩かれており、ベストセラーを連発していた本は、上から書くなといわれ、企業の価値観の中で生きていく限界を感じていました（1章）。

その前には、CDの製作で使う業務用ディジタル・オーディオ機器を開発し、そのビジネス責任者を務めていましたが、上司の副社長を天敵にしてしまい、いじめぬかれていました。

その精神的ストレスから家庭内不和になり、妻は子供二人を連れて

実家に帰ってしまい、家族離散も経験しています。
そのお話はしませんでしたが、頭の中にはその思い出もよみがえっておりました。

海外のスタジオに行けば、ＣＤの発明者として英雄扱いだし、
アナログ機の十倍の値段のマルチチャンネルの
ディジタル・オーディオ録音機が、
私が行けば売れる、といった状況でした。
でも、会社では副社長にいじめられ、
毎日、誰もいない暗い家にトボトボと帰るという
暗黒の二年間も経験し、挙句の果てに、
自分が作った事業部を追い出されてしまいました。

ようやっと飛び込んだコンピュータ関連の事業部も
一年間で追い出され、研究所に配属されました。
そこで開発したNEWSと名付けた

ワークステーション（専門家向けコンピュータ）が爆発的にヒットし、たちまちソニー中のコンピュータ関連ビジネスを集めて事業本部ができ、事業本部長に就任しておりました（1章）。

まるでジェットコースターのようなアップダウンの激しい企業人人生だったのですが、もう、企業の価値観の中で、すったもんだするのがほとほと嫌になっており、本を書くことに生きがいを見出していたのです。

その事業本部が大赤字になり、本を書くな、というプレッシャーの中で、師のお言葉をいただいたのです。

師のおかげで猛烈企業戦士をかなぐり捨て、意識は少しずつ、自由になっていきました。

それから10年。素晴らしい人生が展開されつつあり、
鎧を着て頑張っていたころが嘘のように感じられました。
その思い出が次々によみがえる中で、
師が編集者におっしゃった言葉を口にしたのです（1章）。

「これは恩書です。
人に恩人があるように、
本にも恩書があります。
この歳になって
こんな恩書に巡り合うとは
思ってもみませんでした」

とたんにこみあげてくるものがあり、
泣き出してしまったのです。
俵万智ではないですが、このとき本当に

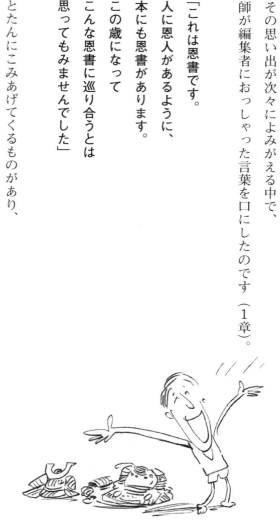

心の底から泣いている自分に驚きました。

それまで40年間、ソニーに勤務し
猛烈企業戦士を演じてきました。
若くして取締役になり、出世街道まっしぐら！

毎日が戦いであり、重い鎧を着て、
それでも時には深い傷を負うのですが、
歯を食いしばって我慢し、
自分も刀を振り回しながら
遮二無二走り続けてきました。

「人前で泣く」などということは、
死ぬほど恥ずかしいことだし、
中学以来まったくなかったし、

私の辞書にはない言葉でした。
そんな恥ずかしいことが起きないように、
精一杯突っ張って生きてきたのです。

だから、泣いている自分を発見して
とても驚いたのです。

それは自分にとって、あり得ないし、あってはいけないし、
びっくり仰天する現象だったのです。

しかしながら、不思議なことに
恥ずかしいとか、これはまずいとか、
そういったネガティブな感情は
一切上がってきませんでした。
逆に、妙にすがすがしい感覚に見舞われておりました。

客観的に見れば、講演中に講演者が泣いており、
それを、固唾《かたず》をのんで見守る聴衆と、５分以上
フリーズしたままであり、
大変困った状況だったことは確かです。
でも、会場は不思議なあたたかい雰囲気に
包まれておりました。

ふと気が付くと、聴衆の半分くらいが
もらい泣きをしておりました。
ハンカチを取り出していた人も多かったです。
そのうちに、会場は割れんばかりの拍手に
包まれました。
泣いている私を、応援する拍手です。
私は、ようやく気を取り直して
講演を続けることができました。

泣いている
我に驚く
我もいて
人のぬくもり
拍手の嵐（天外）

後から思うと、講演がフリーズした5分間は、
まったく無駄な時間ではなく、
私の松原泰道師に対する感謝の気持ちは、
どんな美しい言葉よりも強く、師にも聴衆にも
伝わったと思います。
コミュニケーションというのは、言葉だけでなく、
言葉より強力な伝え方もあると思います。

この時、天外は62歳。ちょっと遅めですが、

長年、情動を抑圧して、理性と論理を武器に、重い鎧を着て戦っていた企業戦士が、鎧を脱いで、**「情動の蓋《ふた》が開いた」**記念すべき出来事でした。

もうひとつのポイントは、長年「人前で泣く」などということとは、死ぬほど恥ずかしいことで、絶対にやってはいけないと思い込んでいたのが、実際に泣いてみたら、ちっとも恥ずかしくもなく、嫌なことでもなく、逆にすがすがしい感じになったことです。

一般に「怖れ」というのは、まだ起こってもいないことを想像して怖がっているだけであり、実際に起きてしまえばそれほどでもないということです。

そして最後に、本書のテーマである「**メタ認知**」です。

泣いている私には、確かにそれを客観的に見ている
もうひとりの私がいました。

だから、冷静に驚いたのです（これは変な表現ですが、
驚きに巻き込まれないで、驚いている様子です）。

さらには、「あれっ！　全然恥ずかしくないな！」、
「ちっともいやじゃないぞ！」、
「むしろ、すごくすがすがしいな！」
「へー、おもしろい、おもしろい！」と、
自分を客観的に観察していました。

おそらく、「**情動の蓋が開いた**」という現象と
「**メタ認知**」の獲得は関連していると思うのですが、
いまはまだ、確定的に述べるのは控えておきます。

4：「苦労の専門家」が教える気づき――絶望を笑いに変える力

「オイ、オレの幻聴聞かしてやろうか！」

……バーベキュー会場で、いきなりいわれました。

聞くと、「幻聴・妄想コンクール」というものがあり、ごく最近優勝したのだそうです。

さすが優勝しただけあって、幻聴ストーリーはとても面白く、最後は二人で大爆笑になりました。

普通なら深刻になる幻聴を、こうやって笑い飛ばしてしまうのです。

彼らは、「幻聴さん」と呼んで、その一人ひとりに名前を付けています。

人によっては、何百人と「幻聴さん」を抱えていることもあります。

ここは、北海道の南東の海沿い、競馬馬の産地として
有名な日高地方の浦河《うらかわ》町にある「べてるの家」。
１２０人の統合失調症の方々と90人のスタッフが
暮らしており、昆布の袋詰めやイチゴのヘタとりなどで、
年間２億円くらいの売り上げを上げています。

彼らは、自らの病気に病名をつけ、自ら研究をしています。
これは「**当事者研究**」と呼ばれ、いまや世界的に
有名になっており、ソーシャル・ワーカーや医療関係者の
見学が絶えません。
人口１１，０００人の浦河町に
２，０００人以上の見学があり、
それで町の財政が潤っているといわれています。
２０２４年７月22・23日に約20名で訪問しました。

これが、天外にとっては6回目の訪問です。
何回訪れても、ここに来ると衝撃を受けます。
なぜ衝撃をうけるかもよくわからず、
それを言語で表現することも、とても困難です。
人間としての存在の土性骨《どしょうぼね》をとても激しく
揺さぶられるのかもしれません。

土地柄から、アイヌの方が多く、とんでもない差別の中で
苦しんでおられます。アル中、薬中が多く、精神病の発症率も
とびぬけて高いのです。
かつてはここの浦河赤十字病院には、
１３０床の精神病棟がありました。
病院のロビーや玄関には、昼間から酒を飲み、酒ビンを枕に
酔いつぶれるホームレス同然の人たちがたむろし、

通院患者と地域住民とのトラブルも絶えませんでした。
向谷地《むかいやち》生良《いくりょう》さんは、そんな精神病棟にソーシャル・ワーカーとして勤務し、何とか改善しようとしたのですが、病院側の方針と合わず、５年間も出入り禁止になってしまいました。

しかたなく、40回も入退院を繰り返した早坂潔さん（現「べてるの家」代表）と浦河教会に住み込んで共同生活を始めたのが、べてるの家の始まりです。
１９８０年のことです。
当然のことながら、べてるの家ではトラブルが絶えません。

今日も、明日も、明後日も問題だらけ。それで順調！

向谷地さんも、次のように述べておられます。

「この世界で仕事をするにあたって、絶対、味わいたくない惨めな出来事があるとしたら、ほとんどを経験してきた」


今回、私たちを案内してくれたソーシャル・ワーカーの福岡拓弥さんは、「意気込んでここに来たら、自分には何もできないことが分かった！」と述べておられます。

幻聴や妄想に悩み、人を傷つけたり物を壊したりする「爆発」を繰り返す住民に対して、できることはほとんどないということです。

向谷地さんも、次のように述べています。

「泥水にへたり込んでいる人たちのかたわらに、さりげなくしゃがみ込み、力なくいっしょに

困りながらも、あまりにも無力さと情けなさに、お互いに顔を見合わせて、思わず笑わずにはいられなくなる瞬間に、人が生きるということの無限の可能性と当事者の力を感じ取ってきた（「7」、Ｐ6）」

べてるの家が順調に（＝トラブルだらけで）成長していくにつれ、浦河赤十字病院の精神病棟は入院患者が次第に減り、ついには閉鎖されました。精神科医の川村敏明さんは、一時は向谷地さんと一緒に病院に出入り禁止になった方ですが、いまではべてるの家のすぐそばで医院を開いておられます。

一般の精神科治療では、人を傷つけたり、物を壊したりする「爆発」、自傷行為、水や醤油を飲み続けるといった問題行為を薬で抑え込みます。

べてるの家では、川村医師と相談して、なるべく薬を減らします。薬で葛藤を感じないようにするのではなく、しっかり感じて、しっかり**絶望を体験してもらう**のです。

これを、
苦労を取り戻す
……といっています。

「当事者研究」というのも、その「絶望」の中から生まれました。

これはまだ、浦河赤十字病院時代の話ですが、薬を減らして「爆発」が起き、病院の機材を壊してしまった入院患者が「絶望」していました。

そばにたたずむ向谷地さんも無力感にさいなまれていたのですが、言葉を絞り出しました。

「正直、私もね、どうしていいかわからないけど、どうだろう、

みんなでいっしょに、〝爆発〟をテーマに研究してみない……?」

(「7」、P53)

さっそく「爆発研究班」ができ、その患者が隊長になりました。

誰かが爆発を起こすと、研究班が駆け付け、現場の対応と原因の究明をするのです。

最初のうちは、「隊長爆発!」で研究班が出動するケースが多かったといいます(笑)。


次第に「爆発のメカニズム」が明らかになっていきました。

何か要因があって爆発するのではなく、そもそも爆発のエネルギーがたまっており、それを吐き出すための理由を自分でわざわざ造っていたのです。

これは、ほとんどの人の爆発に共通でした。

「当事者研究」は、爆発以外の症状にも次々に拡張され、進化・発展をしながら、いまも毎日のように実行されています。**「当事者研究」**そのものは、自分自身を客観的に見つめるトレーニングになっており、まぎれもない**「メタ認知」**へ向かう方法論のひとつといえるでしょう。

昆布の袋詰めやイチゴのヘタとりなどのビジネスを始めたのも、**「苦労を取り戻す」**活動の一環です。いまの競争社会の中でビジネスをやることは、大変な苦労を伴います。ただ生きていくだけでも大変な精神病患者には、その苦労はとても耐えがたいので、普通はそれを避けて精神病棟にこもるわけです。

向谷地さんは、**苦労やトラブル、傷つくこと、絶望の中に「人が生きる」という行為の意味がある、**といっておられます。

あるとき、トラブルが山のように押し寄せてきて、どうしようもなくなっていた早坂潔さんに向谷地さんが、「潔どん、金儲けでもやるかい?」と声をかけました。
そのとき、潔さんの眼がきらりと光りました。
皆、統合失調症だけでなく、金欠病でも苦しんでいたのです。べてるの家の、いまは年商2億円に達しているビジネスはこうして始まりました。

もちろん、それはトラブルだらけのスタートであり（だから順調）、昆布の袋詰め作業も潔さんは、2分も持ちません。幻聴さんが来たり、タバコを吸いたくなったりして、作業から離れるのです。
そこから、次の理念が生まれました。

安心してさぼれる会社造り

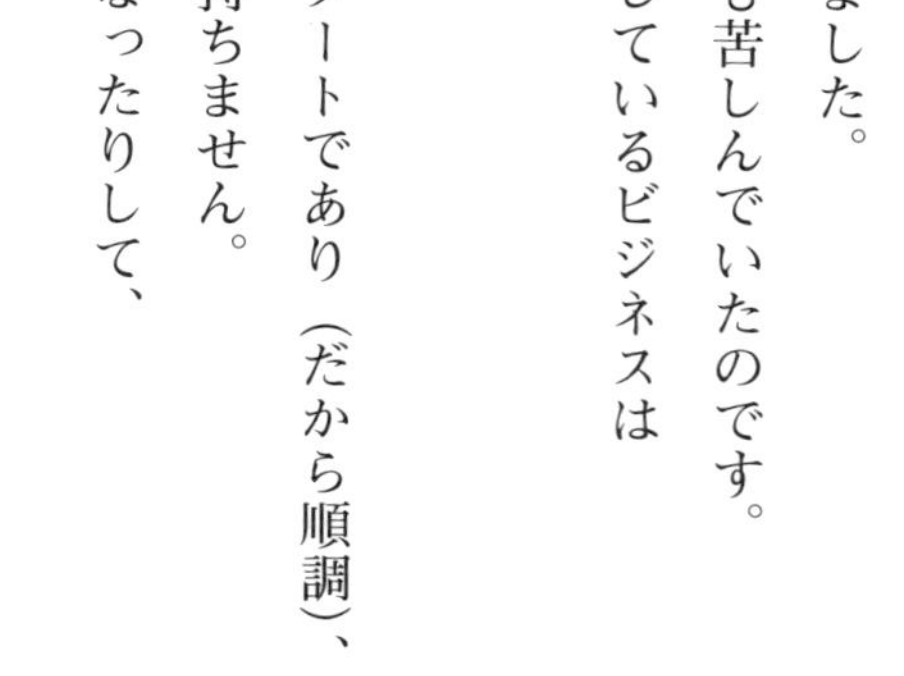

べてるの家、カフェ「ぶらぶら」にて記念撮影（２０２４年７月 23日）
最後列中央が天外、その右が向谷地さん。中段左端の女性と男性の間に、
にこやかに顔を出しているのがソーシャル・ワーカーの福岡拓弥さん。

今回の訪問では、向谷地さんから、創業時の面白い話をたっぷりと伺いました。
でも、一つひとつのエピソードの中に、私たちならとても耐えられないような苦労がうかがえます。

福岡さんが、「何もやることはないことを発見した」と発言したのを受けて（P64）、向谷地さんは、

「何かを積極的に支援することはできませんが、スタッフには、それなりに役割があります。

それは、起きた出来事に**しっかりと傷つくことです！**」

……会場は静まり返り、しばらく声を発する人はいませんでした。


一般のカウンセリングでは、カウンセラーが傷つかぬように細心の注意が払われています。

決められた時間、カウンセリングルームで会う以外、

クライアントとの接触は固く禁じられています。
ところが、向谷地さんは電話も自宅も一切オープンです。
お子さんたちは、統合失調症の方々に
おむつを替えてもらって育ちました。

べてるの家の最大の特徴は、笑いとユーモアです。
絶望も深刻な苦労も深い傷も、全部笑いに変えてしまいます。
「当事者研究」も、最初から最後まで笑いにあふれています。
じつは、笑いもユーモアも、対象からちょっと離れた
視点から出てきます。

つまり、本書のテーマである**「メタ認知」**と密接な関係性があります。
統合失調症で、人生にまったく余裕のない方でも、ここではある程度の
「メタ認知」を獲得されていることは驚きです。

初日は、バーベキューの後も向谷地生良さんと早坂潔さんを囲んで、夜遅くまで貴重なダイアログが続きました。

翌日は、朝から教会でミーティング。

最初は、べてるの家の定例ミーティング、住民全員がその日の調子を報告します。

この日はなかったのですが、以前は「今日は爆発しそうです」という報告もありました。

次に、ごく普通の統合失調症の方の当事者研究。
さらには、今回初めての試みとして、訪問者からクライアントをひとり選んで、べてるの家の住民がその人にいろいろなアドバイスをしましょう、ということになりました。
「ここにいる人たちは、皆、苦労の専門家たちです。
皆さん（訪問者）の何十倍もの苦労をして、それとどう取り組むかということに人生をかけてきました。どんな問題に対してでも対応できる専門家ぞろいですから、ぜひ聞いてください！」

……と、向谷地さん。

いままで、クライアント役だった統合失調症の方々が、今日はセラピスト役をやるというのです。

もっとも、毎日のように**「当事者研究」**をやっており、仲間へアドバイスをしているので、セラピスト役も慣れてはいるでしょう。

「はいっ！」と手を挙げたのはK子さん。

母親が不動産業を長年営んでおり、K子さんが社長を引き継いだのですが、数年前に母親と大喧嘩をして会社から離れていました。

ところが、その母親が昨年9月に亡くなり、急遽

また社長に返り咲いたのです。

K子さんの悩みは、人前で話をすると緊張して声が震える、ということでした。

社長なのに、社内での身内に向けたプレゼンでも緊張する、社業以外でもいろいろなイベントを仕掛けてしまうのだが、毎回緊張してどうしようもない、という内容でした。

「緊張」というのは、統合失調症の方にとっては得意なテーマ。さすがに「苦労の専門家」といわれるだけあって、それぞれに大きな失敗談があり、苦い葛藤があり、どうしたら克服できるかという涙ぐましい努力がありました。

豊富な体験とアドバイスがユーモアたっぷりに披露されました。

「緊張して何が悪い！」というアドバイスに、K子さんは自分がいままで緊張する自分を責めていたことに気付きました。

最後のアドバイスに、私は息をのみました。
「自分で実況中継すればいい」というのです。
慣れているらしく、とても表現豊かにサンプルを語ってくれました。
自分を自分で観察して、あたかも第三者が見ているように記述するのです。

「あ、いまK子さんは、すごく緊張しているようです！
声も震えています。心臓もバクバクです。
言葉も出なくてパニックになっているようですね。
こんな自分じゃいけない、もっとしっかりしなくちゃ、と自分を責めているようです。
でも、そう思うとますますドキドキしてきます。
どうしようもない、という感じです。
あ、いまK子さんは呼吸に意識を向けました。

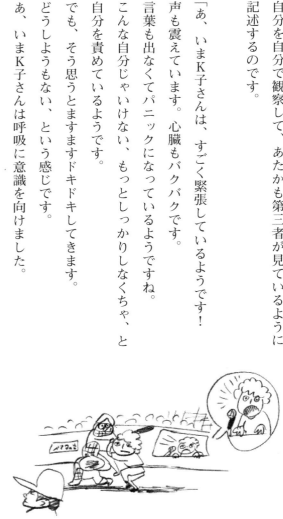

息を吸って、そう、息を吐いて……
あ、ほんの少し落ち着きを取り戻してきたようですね……」

驚きました。これは、まぎれもない「**メタ認知**」です。

この「苦労の専門家」は、恐るべき技を身に着けていたのです。

おそらく、ご自身の緊張癖にどうやって対処するかを工夫しているうちに見出した方法論なのでしょう。

これだけ表現豊かに語れるということは、おそらくとても効果的にこの方法論を使っているのでしょう。

私はさっそく、本書で提案する「**鳥の瞑想**」の中に「実況中継」を取り入れました（12章）。


最後に、K子さんに感想が求められました。

「こんなに大勢の方々が私のために真摯にアドバイスをしてくれて、とても嬉しく思っています。生まれて初めての体験のような気がします」

……そこまでいって、K子さんは言葉に詰まり泣き出してしまいました。

べてるの家では、これにはとても慣れているらしく、間髪を入れずティシュの箱がK子さんのもとに届けられました。

やがて会場は、K子さんを応援する割れんばかりの拍手に包まれました。

……どこかで見た風景だな……

私は20年前に、舞台の上で自分が泣き出してしまった光景（3章）思い出していました。

この後、カフェぶらぶらに移動して昼食、

ここでべてるの家とはお別れになります。

向谷地さんにお話しいただいた後、挨拶をさせていただきました。

「今回で6回目の訪問です。

いまそこのテーブルで話していたら、

皆さん来年も来たいといっていました。
べてるの家が何故、こんなに人を惹きつけるのか？
夕べようやくわかりました。
じつは、私たち人間という生き物は、
表面的にはまったく意識していないのですが、
『人が存在するということはどういうことなのか？』
という問いを常に発信し続けています。
ところが『虚飾にまみれた』日常生活の中で
その問いはどこかに吹っ飛んでしまっているのです。
ここ『べてるの家』に来ると、虚飾はまったくないので、
ひとり一人が『どう存在するか？』ということに真摯に
向き合っているのに接し、心が洗われるのです。
『どう存在するか？』ということは、言語では絶対に
表現できないので、感じるよりほかはありません。
ここにくると、何となくその感じが身体に宿ります。

でも、虚飾にまみれた生活をしていると三か月くらいで、
その感じがどこかに行ってしまうのですね（笑）。
だから、来年もまたお邪魔して、チャージに来ます。
どうぞよろしくお願いします。
ありがとうございました」

5：怒りの正体と心のコントロール――「怒り」を傍観する

「自分が、たいしたことないって、知っているからかな……」

……横田英毅《ひでき》さんは、こともなげにいい放ちました。

私の質問は、「なぜ、そんなにあっさりと、仕事を下にまかせられるのですか？」でした。


横田英毅さんといえば、ネッツトヨタ南国の創業者として、産業界でよく知られている名経営者です。

その横田さんが、一塾生として天外塾に参加されました［8］。

２０１０年４月のことです。

天外塾では、この頃「フロー経営」ということをお伝えしていました。

「フロー」というのは、無我夢中で何かに取り組んでいる状態であり、しばしば奇跡が起きます。
創業期に奇跡の成長を遂げたソニーが、「フロー経営」だったことに気付き、それをかみ砕いて世の中に広めていたのです。

「フロー」に入るためには、内側から出てくる「わくわく感」を大切にしなければならず、指示命令をやめて、本人の自主性にまかせる必要があります。

ところが、部下にポーンと仕事をまかせきりにできる上司は、きわめて僅かです。


「なぜ、まかせきれないのか？」というのは、大きな疑問です。

横田さんは、「たいしたことない」と自覚している、といわれました。

それに対して、まかせきれない上司は、自分を「たいしたもんだ」とでも思っているのでしょうか？

じつは、ここに秘密があります。この「たいしたもんだ」という思いは底の浅い虚飾なのです。

いま、世の中で、ほとんどの人は「自己否定観」を推進力にして走っています［9］。「このままではいけない」、「何とかしなくては」といった思い、つまりいまの自分を否定することが、努力、頑張り、向上意欲などにつながるのです。ところが、いまの自分を本当に全面的に否定することは、かなり耐えがたいので、虚飾の自分を作り、そのイメージに安住し、「いい人」、「能力ある人」、「良き隣人」、「立派な社会人」などを装っています。

でも、それは虚飾にすぎません。心の底では嘘で、ごまかしであることがわかっていても、表面的には

「たいしたもんだ」という虚勢を張って、自分にも他人にも常に証明して精神の安定を保っているのです。
これは、たえず「効能感」を求めることにつながります。
そうすると、他人をコントロールしていないと気がすまなくなってきます。
これを「コントロール願望」といいます。

したがって、「たいしたもんだ」という虚飾にはまっている人は部下に仕事をまかせることができないのです。
その虚飾に飲み込まれて、必死に演じていると、客観的に自分を見ることはできません。
松原泰道師の表現だと「坐（右の『人』が小さい）」になります。

逆に、俵万智と同じく「もうひとりの自分」が育っていれば、虚飾にはまることなく、等身大の自分をしっかり見ることができます。

それが、横田さんの「たいしたことないって、知っている」という
発言につながります。

つまり、部下に全面的に仕事をまかせて「フロー経営」をする、
という局面でも、**「メタ認知」**はとても大切なのです。

「フロー経営」などというと、ほとんどの読者（とくに中・高生）
自分とは関係ないと思われるかもしれません。
でもじつは、日常生活のあらゆる場面で、
「メタ認知」はとても大きな影響を与えています。
そのひとつ「怒り」に対して、横田さんがどう対処しているか、
文献［3］から引用します。

塾生：横田さんは従業員に対して、怒ったりなさるんですか？
横田：うーん、会社ではあまり腹を立てないですね。

ちょっと違うモードになっていまして、何か悪いものを見た時、なぜこうなるのかな？とか、そういう風に考えるんですね。

で、腹が立ってきた、どうしよう、これは自分がストレスを溜めるか溜めないか、どっちか自分で決めようというふうなゲーム感覚でそれを処理します。

だから、ストレスを抑えるというよりは、それを処理しているという感じです。

面白い、面白い、腹立ってきたぞって……自分を見ています。

（引用終わり、［8］P36）

見事な「**メタ認知**」ですね！

腹が立ってきた自分を、「面白い、面白い」と

客観的に見ているのです。

腹が立つ
そんな自分を
メタ認知
爆発するか
静かに引くか（天外）

こういう具合に、腹が立ってきた自分を「もうひとりの自分」が客観的に見ることができれば、その怒りを外に出すか、出さないかを、自分で決めることができます。

外に出さなくても、怒りはしっかり感じていますので抑圧にはなりません。

逆に**「メタ認知」**ができていない人は、

怒りを爆発させるか、抑圧するかしかできません。
爆発させると周囲への影響は大きいですし、
抑圧すると「怒りのモンスター」はさらに巨大化します。

怒りは、一見すると原因があるように見えます。
「あいつがこんなことをやりやがったから！」とか、
「とんでもなく態度が悪い！」など、何らかの理由があるから
怒りが沸いてくる、というのが常識です。

私はそう考えていません。
人は誰しも「怒りのモンスター」を無意識レベルで
抱えています。
それは、きわめて不快な存在なので、
何とか外に吐き出したいと無意識的に思っています。
そして、それを吐き出す出来事を、

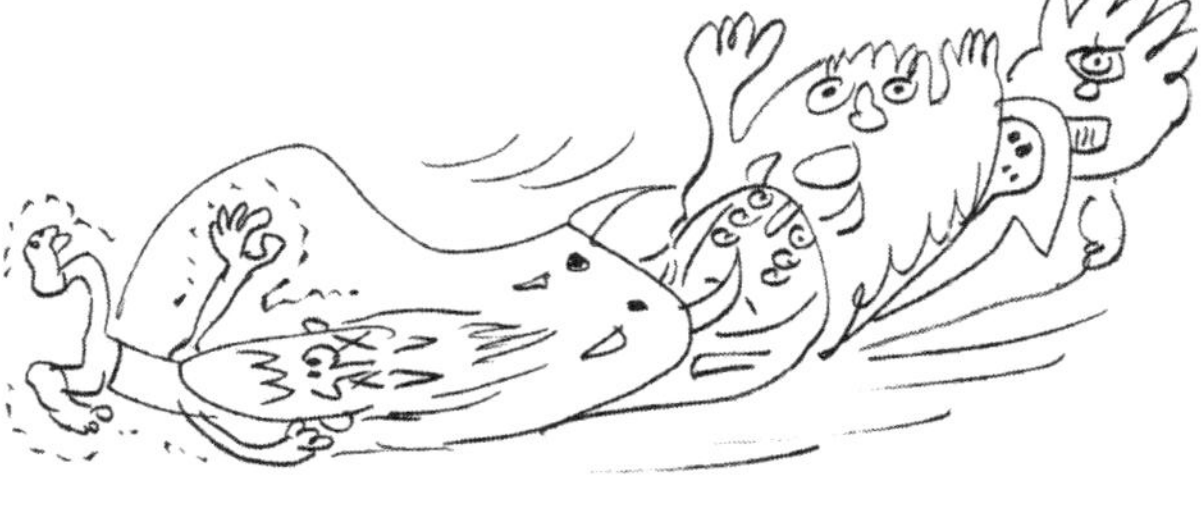

まさに外側に引き寄せてしまうのです。
これは、４章で述べた統合失調症の方の「爆発研究班」が見出した結論と同じです。

首尾よく怒りの対象が現れた時、
爆発すれば、一定のレベルの解消ができますが、
今度は爆発によって違う葛藤を背負い込んでしまいます。
爆発しないで抑圧すると、「怒りのモンスター」はさらに巨大化し、不快さは大きくなります。

「メタ認知」ができていない状態では、
「怒りのモンスター」を上手に処理できないのです。
「メタ認知」ができていると、怒りを抑圧しないでしっかり感じることができます。

感じることで、「怒りのモンスター」は少しずつ縮小し、不快な状態からは改善されていきます。

たとえ、爆発を選んでも、意識しての爆発になるので、それによる葛藤は小さくなります。

6：聖なる空間が紛争を解く――祈りが導く「真実の視点」

トン・トン・トン・トン・トン

……長老の叩くドラムが、リズムを刻んでいます。

ここは、スウェット・ロッジ。インディアンの祈りの場です。

直径４ｍくらいの円形の骨組みに毛布がかけられ、密室ができています。

ラコタ語では「イニープー」といい、母なる大地の子宮を表しています。

参加者は、腰布一枚になって中に入ります。

入口が閉じられると、中は真っ暗。

中央の穴には、焚火で焼いた花崗岩が運び込まれており、石というよりは赤く透き通ったクリスタルのように見えます。

長老がセイジ（香草）を焚き、ときおり岩に水をかけます。

息を吸うと、肺が焦げるのではないかと思われる熱さの中で、
長老がドラムをたたき、歌を歌います。
トン・トン・トン・トン・トン

インディアンの長老は、文明社会でいう
宗教家（祈り人）、医療者、裁判官などの役割を担います。
基本は「祈り」であり、医療も裁判も祈りが中心です。
裁判官といっても、文明社会のように「裁く」ことはなく、
基本は祈るだけです。
でも、不思議に紛争は解決に向かいます。

インディアン社会で紛争があると、当事者はそろって
長老を訪ねます。
二人が面と向かって話すと喧嘩になりますから、
まず無言のまま、長老と三人でスウェット・ロッジを作ります。

柳（日本だと竹）の骨組みに毛布をかぶせ、
さらに布で覆って密閉空間を作ります。
ここで、無言のまま二人が共同作業をする、というのは
大切な伏線になっています。

さて、それでは、紛争当事者、AさんとBさんが
長老のもとを訪れ、スウェット・ロッジが完成し、
いよいよ祈りの儀式が始まるところから、
紛争解決のドラマ（フィクション）を見ていきましょう。

トン・トン・トン・トン

長老のドラムと歌が続きます。
歌で、創造主に降りてきていただくのだそうです。
最初の長老の祈りは、かなり長くなります。

創造主、母なる大地、すべての動物、すべての植物、すべての鉱物に感謝し、ここでスウェット・ロッジができることを感謝し、ここでの話し合いが部族全体にとって有意義でありますようにと祈ります。

それから、本日はあなた（創造主）の子どもであるAとBが来ており、彼らがこんな問題で争っています、と報告します。

次に、Aが祈ります。
最初はまだ、闘争心むき出しでしょう。
Bがこんな酷いことをした、と悪口雑言の限りを並びたてるでしょう。

次に、Bが祈ります。

いま、Ａから散々悪口を聞かされているので、はらわたが煮えくり返っていることでしょう。激しい言葉で、Ａをののしると思われます。

ＡとＢが直接言葉を交わすと、激しい喧嘩になるでしょうが、それぞれ創造主に対しての言葉なので、すれ違いになります。相手が祈っているときに口をはさむことは許されません。

それからまた、長老が祈ります。
Ａはこういっています。Ｂはこういっています。聞いてやってください、という感じです。表現は、本人たちより少し柔らかくなっているでしょう。
その後、またＡが祈り、Ｂが祈ります。

長老の祈りや相手の祈りを聞いているので、
すこし表現は変わってくるでしょう。

この時、大切なのは、それぞれの祈りを
創造主だけでなく、すべての動物、すべての植物、
すべての鉱物が聴いている、という感覚です。
これは、インディアン独特の世界観ですが、
動物も植物も鉱物も、母なる大地が生み出してくれた
兄弟姉妹だ、仲間だ、という意識です。

あなたの祈りを大自然が聞いているぞ、
という感じでしょうか。
それが、長老の祈りの中に入ってきます。
それが意識されると、エゴ丸出しの祈りは
できにくくなります。

当然、AもBも兄弟姉妹であり、鉱物よりも近い関係なのは間違いありません。
それが、しっかりと意識されます。

猛烈な熱さで、意識がもうろうとする中で、三人の祈りが延々と繰り返されます。
しばらくすると、入り口を開け、あるいは外に出て、ほてった身体を冷やします。
それからまた、三人の祈り合戦が再開され、延々と続きます。

その日のうちに解決しないときには、翌日に持ち越されます。
何回も何回も祈っているうちに、次第に内容が変わっていき、やがて紛争は解決に向かいます。

これは、近代文明国の裁判制度に比べて、はるかに
優れた紛争解決の方法論のように、私には見えます。
裁判だと勝った、負けたという戦いになり、
必ず不満が残ります。
家庭裁判所の調停だと、少しずつ不満を飲んでの
妥協になります。
それに対して、スウェット・ロッジによる解決は、
お互いに心からの納得が得られるまで祈りが続きます。
解決した後の傷が、極めて小さい方法論です。

では、スウェット・ロッジで、どうして紛争が
解決するのでしょうか？

それが、本書の基本テーマ「**メタ認知**」です！

最初は、AもBも「自分の視点」でしか、ものごとが見えていません。

何度も聞いているうちに、「相手の視点」が意識されます。

そして、第三者の「長老の視点」も入ってきます。

最初は「自分の視点」だけだったので闘争的でしたが、次第にほかの視点が入ってくると、やや闘争心が薄らぎます。

一番大事なのは、つねに創造主を相手に祈っていることです。

AもBも祈っているうちに、しだいに「創造主の視点」を意識するようになっていきます。

完全に「創造主の視点」が獲得できたなら、もうそこには、紛争の入り込む余地はなくなります。

「創造主の視点」というのは、「究極のメタ認知」です。

紛争の解決にも、**「メタ認知」**が大切なのです。

7：トンビが示す「運命の導き」――鳥がくれた「啓示」

「この方向から、精霊が入ってきます」
……スウェット・ロッジが完成して、
焚火に火をつける前に、長老がいいました。
だから、焚火から祭壇を通ってスウェット・ロッジの
入り口に至るラインは、絶対に横切ってはいけない、
というのです。

「ほんまかいな？」
疑り深い文明人は、そう簡単には信じられません。
一応、表面的には長老の指示に従いますが、
内心は精霊の存在を疑っています。

ところが、写真にはその方向から強烈な光が

スウェット・ロッジの中に入っているのが写っていました（巻頭の写真参照）。
これが精霊かどうかはわかりませんが、
長老の言葉が満更でたらめではなさそうだ、
という感触が得られます。

ここは、三浦半島の剣崎灯台のすぐそばです。
小さな半島の先端付近なので、
２７０度、海に囲まれています。
東側は東京湾を挟んで房総半島が望め、
南側は太平洋の向こうに大島が見えます。
いまは壊してしまいましたが、
鉄筋コンクリートの二階家があり、
二階からは富士山も見えました。

つい一か月前、私はアメリカ・ミネソタ州パイプストーンで開かれたサンダンス会場で、チョクトー族の長老、セクオイヤ・トゥルーブラッから「聖なるパイプ」を授与されました。
私自身も、インディアン社会では長老のひとりに列せられたことになります。
その師匠の長老を日本に招いて、いまここで、スウェット・ロッジを開催しているのです。

この土地は、瞑想センターを建設するために、一年半前に衝動買いをしていました。

既に著名な建築家により、瞑想センターの建築案の検討が進んでおり、案A→B→……Gと進み、ほぼ最終案となっていました。

スウェット・ロッジは、

その地鎮祭としての意味もありました。
2000年9月のことです。

さて、この土地の購入に至るエピソードを
お話ししましょう。
本書との関連が強いからです。
このころ、私は犬型ロボットAIBOの商品化で
結構忙しく、仕事もプライベートも、ともに
充実しておりました。
しかしながら、年齢的には60歳に近づいており、
引退後は、瞑想でも指導しながらのんびりと
過ごすつもりでおりました。
「三浦半島の先端付近で、瞑想センターを造る」
……啓示とまではいきませんが、何となく

そういう思いに取りつかれていました。
当時は、「日の出の瞑想」にはまっていましたので、
東海岸になります。

仲間内とドライブしていると、対岸に房総半島の鋸山を望む丘の上の素晴らしい場所に出会いました。
「こんな場所がいいね」……と話していると、
突然後ろから、シュワシュワという羽音が聞こえ、トンビが私の頭を両足でトンと突いて飛び去りました。
爪は結構痛く、間近で見るトンビの大きさと羽音の激しさにたじろぎました。
私は、てっきりトンビに攻撃されたと思い、
身構えましたが、トンビはそのまま飛び去りました。

その翌週、福島でスウェット・ロッジがある、ということで
出かけてきました。
インディアンの長老にトンビの一件を話すと、
突然、姿勢を正し、私をまっすぐに見つめていいました。
「それはすごい！」
「何がすごいんですか？」
「鷲や鷹は大空の支配者で、創造主のお使いだ。
めったに人に触れることはない。
触れたということは、創造主からの強いメッセージだ
ということだ」
「どういうメッセージですか？」
「その時、お前が考えていたことに対して、
そうだ、そうだ、その通りだ、ということだ！」
その時は、「ここに瞑想センターができるといいね」

といっていたので、それを創造主がエンドース（支持）した、
ということのようです。
しかしながら、私にはまったくのお伽噺《とぎばなし》にしか
聞こえませんでした。
トンビは単に、私の頭を餌と勘違いしただけでしょう。

あるいは、トンビの英語がわからず、思わず鷹（hawk）
といってしまったので、長老が誤解したかも……トンビは
創造主のお使いをするような、高尚な鳥ではなさそうです。

１９９８年５月のことでした。

その翌週、私は仕事でボストンに滞在していました。
予定していた会合が突然キャンセルになり、
まる一日、日程があいてしまいました。
こんなことは、めったにありません。

私は、１９９７年のフナイ・オープン・ワールドで
知り合ったインディアンの長老、
トム・ダストウに電話を入れました。
ボストン近郊に住んでいると聞いていたからです。
書きかけの本で、彼に対する追加のインタビューも
必要でした。
トムは、ちょうど今日の夕方ボストンで、
エドガー・ミッチェル（＊１９３０年～２０１６年。
世界で六番目に月面を歩いた宇宙飛行士）の講演会があり、
その前座でインディアンの儀式をやることになっている、
すぐ行くよ、とホテルまで来てくれました。

ちょうど、トムとのインタビューが終わるころに、
後に私のパイプの師匠になる、
セクオイヤ・トゥルーブラッドがホテルに来ました。

当時、彼は、カナダのモホーク族の居留地にいました。

じつは、夕方の会合での主役はセクオイヤであり、
ミッチェルの講話の前に、インディアンの祈りを
捧げましたが、その前に、土地の長老であるトムに、
タバコを捧げて仁義を切るという儀式がありました。
私たちが何かの祭事をするとき、その土地の氏神様に
ご挨拶をする、というのに似ている感じでした。
タバコを赤い布に包んで捧げる、というのが、
インディアンの正式な仁義の切り方です。

セクオイヤとは初対面でしたが、身長が高く、
顔も整っていて、明らかに白人との混血でした。
これは、後から聞いた話ですが、彼が命を授かった時、
父親は牧場に雇われていた17歳、母親は牧場主の

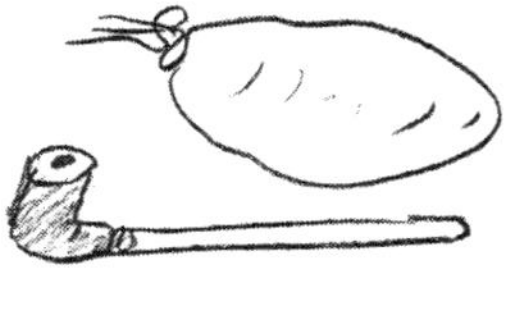

お嬢さんで16歳でした。セクオイヤが生まれた後、父親は半殺しにされて牧場から追い出された、とのことです。

セクオイヤは背が高く顔も白人的なため、インディアン社会でも白人社会でも受け入れてもらえず、大変つらい育ちをしております。

ベトナム戦争でグリーンベレーに入り、ようやく居場所を見つけたのですが、至近距離で撃ったベトナム兵のポケットから家族の写真を見つけ、それ以来、銃の引き金が引けなくなりました。

おまけに、グリーンベレーでは戦闘のために覚せい剤を常用するので、退役後も抜け切れずにドラッグ中毒になり、売人もやり、６年間は刑務所で

過ごしました。

その後、モホーク族の長老について修行し、長老に列せられたのです。

私が会った時点では、ハーバード大学医学部教授のジョン・マック（＊１９２９～２００４）の「次世代社会研究」チームにも入っており、白人社会でも評判の高いインディアン長老のひとりでした。

なお、ジョン・マックは、上記三浦半島でのスウェット・ロッジにも参加しています。

また、上記ボストンでのエドガー・ミッチェルの講演会の主催者であり、だからこそ、そこにセクオイヤが呼ばれたのです。

さて、話をボストンでの出会いに戻しましょう。
私は、トンビが頭に触れた一件がどうしても
気になっていたので、初対面のセクオイヤにも、
同じ質問をしてみました。
福島での長老の答えに、納得していなかったのです。
今度はトンビの英語もしっかり調べていたので（kite)、
鷹と誤解されることはありませんでした。

違う答えを期待していたのですが、セクオイヤは、
福島での長老とまったく同じことをいいました。

どうやらそれが、インディアン長老の常識のようでした。

「テンゲサーン」

セクオイヤは、とても深い声でゆっくりいいました。

「アナタハ　エラバレタ　ヒトデス」

私は心の中で、大声で叫びました。

「それは誤解だよ！」

本章冒頭に述べたように、翌年８月のサンダンス会場で、セクオイヤは突然、まったく修行もしておらず、薬草の知識もない私に、「聖なるパイプ」を授与しました。

私には、トンビが止まった誤解そのままに授与されたような気がしています。

さて、話を戻しましょう。ボストンから帰ると、不動産屋から封筒が届いていました。トンビが触れた場所から直線で１００ｍも離れていないところに、遊休地があるというのです。

行ってみると、屋根は破れ、床は腐った鉄筋コンクリート二階建ての大きな廃墟が立っていました。履歴を見ると、かつてここはソニー子会社の海の家だったようです。

かなり迷いましたが、結局１９９９年3月に
その土地を購入しました。

翌２０００年2月に、私たちはセドナ・ツアーを予定しており、導師としてトム・ダストウに打診していたのですが、都合が悪くなり、かわりにセクオイヤが来てくれました。

一週間の神秘体験満載の、素晴らしい旅になりました。


その延長上に、8月のパイプストーンでのサンダンスに行くことになったのです。

サンダンスには、ジョン・マック教授も来ていました。

じつは翌月の2日、私はフナイ・オープン・ワールドでジョン・マックとの対談をすることになっていました。

テーマは、「アブダクション（誘拐）」。

ジョン・マックは、宇宙人に誘拐された人たちのカウンセリングをして同題の本を書き、それが米国でベストセラーになっており、日本語訳も発売予定で、その本のプロモーションという意味も含んだ対談でした。

私は、UFOは何度か目撃しておりましたが、宇宙人に誘拐されたことはなく、「アブダクション」というのはなじみのないテーマであり、どんな対談をしたらよいのか不安でした。

サンダンスは四日間あるので、ジョン・マックとみっちり打ち合わせをしようといっておりました。

ところが、厳かな儀式でセクオイヤから「聖なるパイプ」を授与されたとたん、不思議なことに、不安がまったくなくなりました。

「何の準備もしないで、二人で舞台に立って何が起きるか見てみようぜ！」

ジョンはちょっと驚いていましたが、了承してくれました。

それを聞いていたセクオイヤが突然、自分もアブダクションの経験がある、といい出して、それを語ってくれました。

宇宙船に乗せられて、地球外の星まで行ったというのです。

じゃあ、セクオイヤも一緒に日本に行こう、となりました。

9月2日のフナイ・オープン・ワールドは、何の準備もなしに三人で舞台に立ちましたが、大成功でした。

そしてその翌週、三浦半島でスウェット・ロッジを実行したのです。

さて、長々と昔話を語ってきました。

何がいいたいかというと、テーマは「鳥」です。

トンビもさることながら、インディアン長老は、「鳥の視点」をいつも意識しています。

セクオイヤは、

「いまイーグルが東から西に飛んだ、だから……」
と、鳥の飛び方で、その日の運勢を占います。
それが、結構当たるのです。
インディアンは、創造主は空高くに存在していると思っており、鳥は自分たちと創造主の間にいるので、創造主のお使いだと信じています。

本書のテーマの**「メタ認知」**というのは、第三者の視点でものごとを見ることですが、そのトレーニングには、誰かが自分を見ている、という観想が必要になります。

そのとき「鳥」を選んだのは、インディアン長老の叡智を取り入れたのです。

これが、**「鳥の瞑想」**（12章）の原点です。

8：傷つかない心――ジャッカル語をスルーする

「何をいわれても傷つくことはないですね！」

……高2の女子が、しらっといいました。
一同、かなりびっくりしました。
高2の女子が6人、大人が6人のグループダイアログが始まっています。

ここは、「かえつ有明中・高等学校」、私立の中高一貫校です。図書室脇のくつろぎスペースに子宮の形の大きな掘り込みがあり、そこかしこに10～15人くらいのグループができており、ダイアログが進んでいます。

この日は、天外塾主催の「教育と子育てを皆で探求しよう」

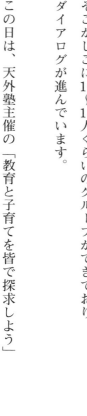

と名付けたセミナーの第2講（２０２４年7月2日）、プロジェクト学習など、最先端の教育を実践するこの学校に、大勢で押しかけました。

この学校では、全校を上げてＮＶＣ（非暴力コミュニケーション）のトレーニングが実施されています。

ＮＶＣというのは、１９７０年代にアメリカの心理臨床家、Ｍ，Ｂ，ローゼンバーグが体系化したコミュニケーションの手法であり、共感的コミュニケーションとも呼ばれています［10］。自らの内面に意識を向けることによって、支配・対立・緊張の関係性から、互いに尊重し、信頼できる関係性への変容を目指します。

相手を傷つけずに、共感的に尊重する言葉遣いを「キリン語」、対立や緊張につながる言葉遣いを「ジャッカル語」と呼んでいます。

単に「キリン語」をしゃべるトレーニングではなく、

感情に敏感になり、自分や相手が本当に何を欲しているかを探ります。
自分や相手が、心の底から望んでいることをNEEDSといいます。
自分や相手のNEEDSをしっかり探ることがNVCの鍵です。

NVCが世界中に拡がっているおり、企業での導入例は多いのですが、学校教育で取り入れていることは珍しく、この学校が天外塾セミナーの探求の対象に選ばれた理由のひとつです。

いま、高校生と訪問者が一緒に数名ずつの小グループに分かれて、NVCに関してダイアログが始まっております。

高校生の皆さんからは、NVCが身について、とても居心地のいい人間集団ができている、との報告がありました。

「でも、皆さんが卒業して実社会に出ていくと、世間ではジャッカル語が飛び交っているよね。キリン語しかしゃべらない温室で育っていくと、かえってショックが大きいんじゃない？」

天外は、ちょっと意地悪な質問を高校生たちに投げかけました。

「むしろ、ジャッカル語が飛び交う中で育ったほうが、耐性がついて強くなれるんじゃない？」

高校生たちは、お互いに顔を見合わせて、黙ってしまいました。

「じゃあ、質問を変えよう。いま、学校の中は居心地のいいキリン語集団になっていても、一歩外に出れば、ジャッカル語が飛び交っているよね。それに傷ついた経験はあるかな？」

「ある、ある！」

「それちょっと、話してくれない？」

高校生たちからは、少しずつ体験談が出てきました。

「そんな時、どうしているの？」
それぞれに工夫された、ジャッカル語対策が語られました。
大体が、運動をしたり、音楽を聴いたり、趣味に没頭するなど、
どうやって気を紛らわせるか、という対策でした。

その中で、ひとりの高校生から、冒頭の発言が出たのです。

「何をいわれても傷つくことはないですね！」

６人の大人たちも、残りの５人の高校生たちも、
一瞬動きが止まりました。
「あ、これはすごいね。他の五人は傷つくのに、なぜ彼女だけは
傷つかないんだろう？」
しばしの沈黙の後、それぞれが推定される理由が提示されました。
でも、本人も含めて、高校生も大人もはっきりした理由は

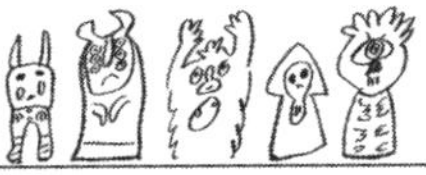

見当もつかないようでした。

「種明かしをしようか。じつはその答えは、彼女自身のさっきの発言の中にあったんだよ！」

天外は、ちょっと間をとり、全員が、彼女のさっきの発言を反芻しました。

「いろいろいっていたけれど、たとえば、**世の中にはいい人も・悪い人もいない**……といっていたのを覚えている？」

……いま、世の中で、ほとんどの人が瞬間的に「いい人」、「悪い人」という判断を下しています。

幼少期から、そういうトレーニングを受けてきているので、誰かと会った途端に自動的に判定を下しているのです。

あまりにも自動的なので、判定を下していること自体、

自分では気づきません。
これは、相手を至近距離で眺めているのです。

本当は、ＮＶＣでも相手を至近距離で見ていたらうまくいきません。
相手の言動が、直接的に自分の怒りやイライラに
結び付いてしまうからです。喧嘩や争いは、
お互いに至近距離で相手を見ていることから発生します。
相手との距離をちょっととることによって、相手のNEEDSが
見えてきます。

いま、「距離」という言葉を使っていますが、
もちろんこれは物理的な距離ではありません。
精神的な距離、あるいは余裕、ものごとに巻き込まれないで
客観的に眺める姿勢をいいます。

じつは、**「いい人」も「悪い人」もいない**、という心境は、
相当に相手との距離がとれていないと達することはできません。
つまり、この子は天然で**「メタ認知」**が獲得できているのです。

じつは、誰かの言葉に傷つく、という現象も、その人との距離が充分に取れていないときに起きます。

さて、人は、どうして他人の言葉で傷つくのでしょうか？

たとえば、「あんたはバカだ！」といわれても、自分がバカだと思っていなかったら、傷つくことはないはずです。
傷ついた、ということは、その言葉に同意している証拠です。
「あらいやだっ！　なんで私がバカだとバレたの！」
と受け取ってしまうので傷つくわけです。

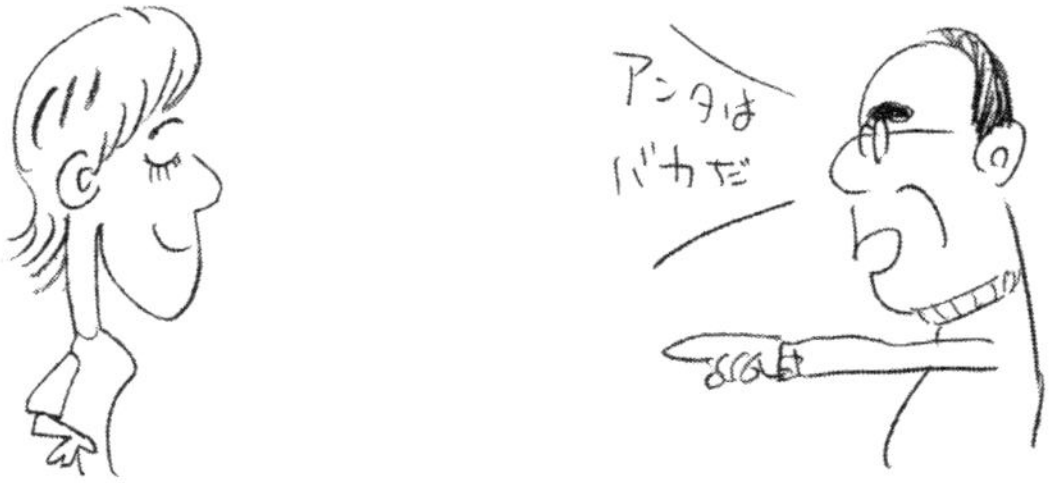

その意味では、「傷つく」という現象は、
自らの「自己否定観」が刺激された結果です［4］。
ところが、もし本心から「自分はバカだ」と思っていたら、
傷つくわけはないですよね。
「あんたはバカだ！」といわれても、「ハイハイ、そうですよ。
よくわかりましたね。おっしゃる通り、私はバカです」
と受け取るだけです。まったく心は乱れないでしょう。

傷ついた、ということは、心の底では「自己否定観」が強く、
「自分はバカだ」と思っているのですが、それをひた隠しにして
「自分はバカではない」という虚飾を表に掲げているからです。
人は、「自己否定観」をそのまま受け入れるのは耐えがたいので、
いったんそれに蓋をして、その蓋の上を虚飾しています。
この虚飾には、ネガティブな「自己否定観」を覆い隠して、

自我を防衛してくれる「自己防衛のドーム」としての大切な役割があり、そのお陰で私たちは日常生活を滞りなく営めています。つまり、

この虚飾は「自己否定観」を否定するという、ダブル自己否定になっています。

このダブル自己否定では、自分でも無意識的に、これは嘘で虚飾にすぎないということがわかっています。つまり、自己防衛のドームとしては、とてももろいのです。

さらには、「虚飾＝いい」、「自己否定＝悪い」というパターン化をしており、ネガティブなメッセージを素直に受け取ることを拒んでいるのです。

自分でも嘘だとわかっている虚飾を「いい」とし、本心では

その通りだと思っているけれど、何とか隠したい自己否定を
「悪い」とみなしています。
だからこそ「自己否定」なのですが、いささか始末が悪いのです。

ネガティブなメッセージで傷つくということの本質は、
「虚飾の嘘がばれるのでいやだ」ということです。
つまり、「傷つく」という現象は、「自己否定観」そのものが
原因ではなく、「自己否定観」の代償作用として無意識的に
育てている「虚飾」がはぎ取られるからです。

巻頭の「多重の我」という図をご覧ください。
一番内側の**「真我」**というのは、本書ではあまり触れることは
できませんでしたが、「無条件の愛」の源であり、
ユングが「神々の萌芽」と呼んだ、
ちょっと宗教的な匂いがする人間の本質です

（11章、12章で触れます）。
ほとんどの人は、**「真我」**は常時眠っており、たまにしか起きて活動しません。

その次のレイヤーが、11章でご説明する**「シャドーのモンスター」**に囲まれて**「自己否定観」**にさいなまれている「我」です。**「自己否定観」**は不快なので、上述のように「悪い」というレッテルを貼って排除しようとしています。
ところが、別の面では**「自己否定観」**が源の**「怖れと不安」**に駆られて能力を上げ、成果を上げている面もあり、「努力」、「頑張り」、「向上意欲」などの強力な推進力もこのレイヤーから出てくるので、無視はできません。

その次のレイヤーが、ジャッカル語で傷つく原因の「虚飾」です。**「自己否定観」**を否定している二重の「自己否定」となっている

「虚飾の我」＝「自己防衛のドーム」です。
これは、一見ポジティブですが、自分でも嘘とわかっているのでもろさがあります。
また、**「自己否定観」のレイヤーの自分**を覆い隠して、それが表にばれるのが嫌なので、常に戦闘的になっています。
剣を持っているのがその象徴です。

その外側が、心理学でいう「ペルソナ（仮面）」であり、「いい人」、「良き隣人」、「立派な社会人」のふりをして、私たちはつつがなく社会生活をしています。

「虚飾の我」＝「自己防衛のドーム」が戦闘的なのに対し、「仮面の我」は、外向きにいつも笑顔を保っています。

心理学では、「虚飾の我」を「仮面の我」の中に含めていますが、戦闘的と笑顔の違いがあるので、むしろ分離したほうが理解しやすいでしょう。

傷つかないようにするためのトレーニングのひとつは、
「虚飾の我」＝「自己防衛のドーム」をなくすことです。
虚飾なしの裸の「自己否定観」を認める、
というワークになります。

「虚飾」を削ぎ落した状態を「素」といい、
その人のそばにいるととても居心地が良くなります。
多くの人に慕われている人は、
この「素」を獲得していることが多いでしょう。

これは、「ダメ人間」をさらす、という練習であり、天外塾では
かえつ有明中・高等学校副校長の佐野和之さんが作った
「へなちょこスートラ」を使った
「あけわたし瞑想」が実施されています［5］。

これは、誰でもできる簡単な瞑想法です。
本書の読者も、実行するとお役に立てると思いますので、APPENDIXに掲載します。

もうひとつの方法論が、本書で取り上げている**「メタ認知」**の獲得です。


「何をいわれても傷つくことはないですね！」

……といったその女子高生は、明らかに**「メタ認知」**を獲得していました。

彼女がどうして**「メタ認知」**を獲得できたのかはわかりません。

幼少期から、何か特別な体験をされているのか、あるいはＮＶＣでも、ちょっと深く追求していくと**「メタ認知」**につながることもあるでしょう。

「メタ認知」というのは、単に第三者の視点でものごとを見る、ということだけではなく、冷静に、客観的に、中立的に、そして最も大切なのは、この女子高生のように「いい」、「悪い」の判断を離れてものごとを眺める、という姿勢になります。

「いい」、「悪い」を離れ、すべてを中立的にとらえることができれば、「虚飾＝いい」で突っ張ることはなくなり、何をいわれても、さらっと流していくことができます。

それが、この女子高生の心境です。

本書では、12章「鳥の瞑想」で、**「メタ認知」**を獲得するための具体的な方法論をお伝えします。

9：第三の視点を得る方法――客観視という名の「羅針盤」

「それは、うちの方法論にありますよ」

……大阪天外塾の主催者は、こともなげにいいました。

私のコメントは、ひとりの塾生に対して**「メタ認知」**のトレーニングができるといいね、でした。

２０１３年10月のことです。

その塾生は、「自己否定観」が強く、ありとあらゆることをネガティブにとらえる傾向がありました。

こういう時に多くの人が、「自己肯定観」を高めるトレーニングに走りますが、それはまず、逆効果になります。

「自己肯定観」を高めているつもりで、外側から肯定的なメッセージを次々に与えて塗り固めると、ほとんどの場合

8章で述べた「自己否定観」を覆い隠すための「虚飾の我」、つまり「自己防衛のドーム」を強化してしまいます。

これは、実質的に「自己否定観」をさらに強化することになります。

「自己肯定観」のトレーニングを受けてこられた方が、時々天外塾にいらっしゃいますが、「せっかくトレーニングを受けてきたのに、また自己否定してしまった！」と、自己否定している自分を否定する「自己否定の無限ループ」に入ってしまうケースを多く見てきました（笑）。
これは、救いようがありません。
いくら表面的に「自己肯定観」を高めようとしても、「自己否定観」からはなかなか脱出できないのです。

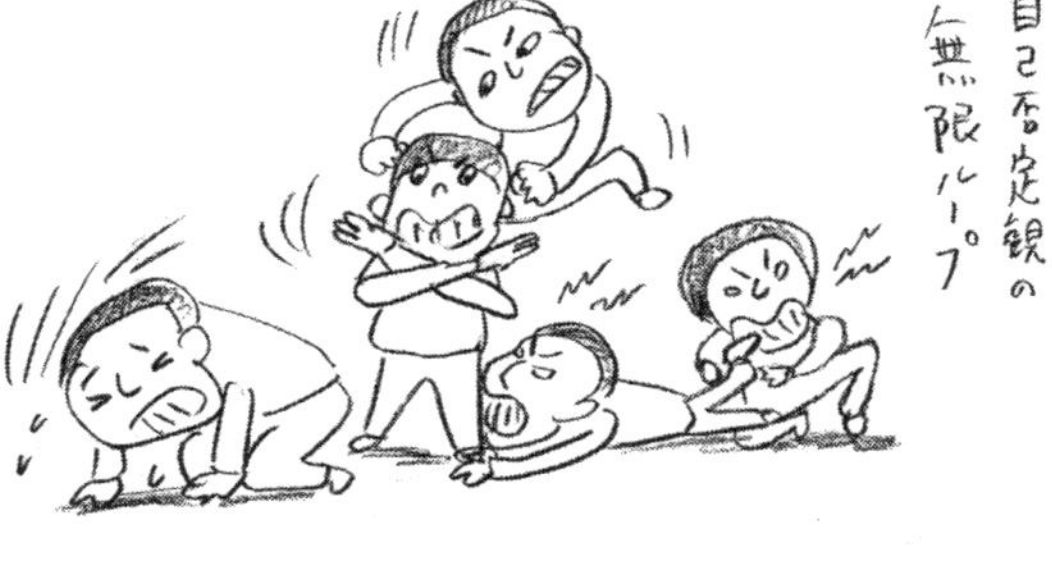

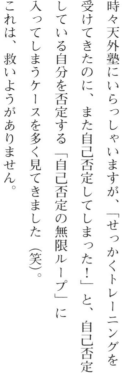

むしろ、ものごとを近接して見ないで、すこし距離をとって、余裕ができ、心の余白がある見方ができるようになると、ごく自然に頑固な「自己否定観」から脱出できます。
だから、**「メタ認知」**という言葉を使ったのです。

一般に、**「メタ認知」**という言葉は世の中では知られておらず、ほとんどの場合、「えっ？」と聞き返されます。

ところが、大阪天外塾の主催者はよくご存じのようでした。

じつは彼は、NLP（Neuro Linguistic Program）の指導者であり、その中にはちゃんと**「メタ認知」**のトレーニング法があるというのです。


NLPというのは、心理学の一派ですが、最近では企業経営の世界でも使われるようになってきました。

催眠療法や、家族療法のセラピストの言葉の使い方を

研究して、その言葉の持つ裏の意味、言外の効果について探求した学問です。

たとえば、「勉強しろ！」というと、子どもは勉強しなくなるのですが、ＮＬＰではその理由を明快に説明してくれます。「勉強しろ！」という言葉は大脳新皮質（左脳）で受け取りますが、新皮質と行動を司る古い脳の間にはギャップがあるので、指示・命令として受け取っても行動にはつながりません。

一方、「勉強しろ！」というメッセージは、勉強していない子に対して発せられるので、ＮＬＰでは前提条件といいますが、「あなたは勉強しない子ですね」という裏のメッセージを含んでいます。

この裏のメッセージは、本人にも意識されないまま、古い脳に

直接届きます。
そうすると、その子は自分でも訳が分からずに勉強しなくなってしまうのです。

親から見れば、「勉強しろ！」といったのに勉強しなくなるので子どもを責めたくなりますが、これは人間として極めて正常な反応なのです。
一般にも、親が「勉強しろ」とうるさくいうものだから、やる気がなくなった、といった表現がされますが、ＮＬＰはその現象を、心理学的にきちっと説明してくれます。

このようにＮＬＰは、人間の心理の動きを深く究明してくれます。
そして、**「メタ認知」**のことを、
「クリアな第三ポジション」を獲得する、と表現します。
自分の視点を「第一ポジション」、相手の視点を「第二ポジション」

そして第三者の視点を「第三ポジション」と定義し、
その視点が「クリア」であること、つまり、いろいろな思い込みや
バイアスを排して純粋であることを求めているのでしょう。

その塾生は、さっそく主催者の指導の下に、
「クリアな第三ポジション」のトレーニングに入りました。
トレーニングの内容は、あまり詳しくは聞いておりませんが、
翌月の天外塾で仕事に差し支えが出た、といっておりましたので、
かなりヘビーなトレーニングだったようです。
具体的には、歩いているときでも、あの電柱が私を見ている、
あの建物が私を見ている……と、常に「見られている」と
意識するほかに、ジャグリングのトレーニングもあったといいます。

ジャグリングがどうして「メタ認知」に有効なのかは
わかりませんが、脳内にセロトニンが分泌され、

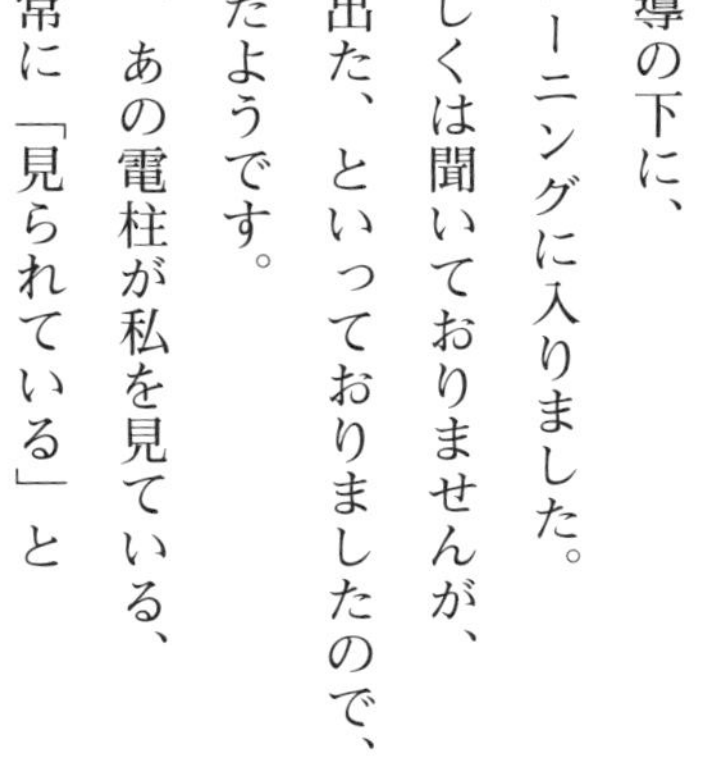

心が穏やかになる効果は確認されています。
この塾生は、ジャグリングのピンを購入したようですが、お手玉でも同じ効果があり、精神を病んだ方の治療に、お手玉を使っている医療者もいます。

さて、この塾生ですが、一か月の厳しいトレーニングが終わっても、残念ながら、**「メタ認知」**は獲得できませんでした。ものごとが不調に終わった時、それを誰かのせいにしていたので、そう判断できたのです。

一般に**「メタ認知」**を獲得すると、ものごとが失敗した時、「あいつのせいでうまくいかなかった！」とか、「自分がふがいないから失敗した！」とか、失敗の責任を自分も含めて誰かのせいにはしなくなります。
失敗した事実だけを淡々と受け止めるようになる、といっても

いいでしょう。あるいは、何かがおきても、あまり「失敗」という受け取り方をしなくなります。
「失敗」ととらえるか、「学び」ととらえるかは本人の自由です。

これは、いまの日本社会ではとても珍しい対応でしょう。

ご承知の通り、私たちは「ハラキリ文化」の中で生きています。
ものごとがうまくいかなくなると、誰か一人に責任を取らせるのです。
昔なら、切腹ですね。
いまは、「責任を取る」ということが組織を辞めることと、同じ意味になっています。

ソニーは、２００３年に業績が急降下し、以来15年間にわたって低業績に苦しみました。
２００３年から２００６年に私が辞めるまで、何人かの優秀な

社員がスケープゴート（生贄の山羊）にされ、会社を辞めさせられました。

私の眼から見ると、業績低迷の最大の要因はＣＥＯにあったのですがスケープゴートを造って首にすることによって、ＣＥＯ自らの責任を逃れていたように映りました。

スケープゴートにされた方には誠に申し訳ないのですが、正直いってスケープゴートが決まると、それまでの重苦しい空気が一変し、皆の雰囲気は良くなります。

誰かがいなくなっても、何かが改善するということはないのですが、誰かのせいにしてしまうと気が楽になるのは事実です。

あるいは、自分がターゲットにならなかったというエゴ的な安心感もあるでしょう。

責任を取る、ということはそれ以上の実質上の意味はないようです。

人間集団が、**「メタ認知」**を獲得すると、日本社会を覆うこの「ハラキリ文化」から脱出できると思います。
「ハラキリ文化」は単なる気休め以上の効果はなく、解決したことにしてしまうので、かえって問題点を見えなくし、また、それにより貴重な人材が失われるので、この伝統をキープする意味はまったくありません。

「ハラキリ文化」からの脱出の先に何があるかというと、「ベストは尽くすけれど、結果には執着しない」という「ティール経営」になります。

「責任」という概念は、「結果に対する執着」の裏側にへばりついています。

「執着」を手放せば、「責任」という概念そのものが消滅します。

これに関しては、本書の範囲外なので、また稿を改めて
お話ししましょう。

10：意識の扉が開く時――関係性を変える心の変化

「子どもが熱を出したのでね、思わず義母のところへ連れて行って、お祖母ちゃんちょっと預かって！」

……そういってから、自分でびっくりしました。

お祖母ちゃんはにこにこ笑って、

「はい、はい、いいですよ」といってくれました。

「私はもう一度、びっくりしました」と、若いお母さん。


……何のことだか、おわかりにならないと思います。

じつは、この若いお母さんは義母との関係性が無茶苦茶険悪だったのです。

農家だったので、義母とも協力しなければいけないのですが、とてもそれができない状態でした。

ところが、子どもが熱を出して、どうしても畑に出なければいけない状況の中で、反射的に子どもを連れて義母の家を訪問したのです。そのときは、義母との関係性が最悪だったことを、ふと忘れていたのでしょう。

「預かって」といってしまってから、おそらくいままで関係性が酷かったことを思い出し、「あっ」と思ったら義母の態度が良かったので、もう一度びっくりしたのだと思います。とても酷い人間関係といえども、ちょっとしたきっかけでこのようにきれいに解消できます。

人と人の関係性が悪くなるのは、**「シャドーのモンスター」**をお互いに投影するからです。
「シャドーのモンスター」については、11章で詳しくお話ししますが、「こうあってはいけない」と抑え込んだ

情動や衝動が、無意識レベルで膨れ上がって
モンスター化した存在です。
そこからは、嫌悪感が沸き上がってきます。
本来は、自分の中から湧き上がってきているにもかかわらず、
それを誰かに投影するので、関係性が壊れるのです。
自分が投影していると、相手も同じように投影してきます。

その若いお母さんが、義母に子どもを預けるときに
関係性が険悪だったことを忘れていた、ということは、
その時点では、もう「シャドーのモンスター」の投影は
していなかったということです。
普通なら、そうなっても、意識レベルで関係性が酷いことを
覚えており、子どもを預けるような行動には出ない、
つまり実際は深層心理的には改善されていても、
意識レベルで険悪な関係をキープしてしまうものです。

この場合には、緊急事態の中でそれが飛んでしまって、
反射的に「素」の状態に戻ったのです。
こちらが投影していない「素」の状態だったので、
義母も「素」の状態に素直に戻れたのでしょう。

さて、それではこの若いお母さんに突然、自分でも気づかぬうちに
「シャドーのモンスター」の投影がなくなったのは何故でしょうか。
それが、本章のテーマです。

この若いお母さんは、以前パートナーが天外塾を受講され、
それに引き続いてご自身も受講されました。
最初の訴えが、義母との関係性の悪さでした。
彼女からは、義母がいかに意地悪か、という具体的な話が
綿々と語られましたが、まあ、どこからどう見ても、
典型的な「嫁―姑問題」です。

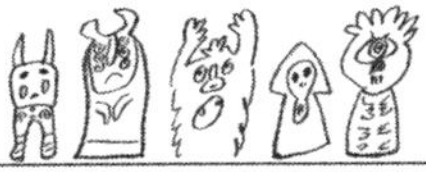

ただ、農家なので、生活の距離が近く、サラリーマン家庭に比べると、問題は大きく膨れ上がる傾向はあるようでした。

関係性を改善するためのワークはたくさんありますが、ちょうどこのとき、大阪天外塾で「クリアの第三ポジション」ワークが始まっており（９章）、これはひとつ**「メタ認知」**の獲得で解決を図ってみようと思いました。

そこで急遽、**「鳥の瞑想」**というワークを造り、実行していただくことにしました。


「鳥の瞑想」の詳細は、12章で述べます。

「瞑想」という名前がついていますが、基本は瞑想ではなく、自分のことを絶えず見つめている鳥がいる、という観想です。

したがってこれは、24時間３６５日のワークなのです。

忙しい日常生活の中で、

「鳥」の存在などは忘れてしまいがちなのですが、思い出すたびに、瞬間的にでも鳥の存在を意識します。

天外塾の塾生の場合には、一般に必ずほかの瞑想ワークを毎朝毎晩実行していますので、その最後に必ず鳥に、「いつも見守ってくれてありがとう」と、お礼をいうことだけをお願いしています。これは、さしたる意味はないのですが、毎日昼間に鳥が自分を見つめている観想していることを、リマインドする効果を狙っています。

この若いお母さんは、おそらく大変熱心に**「鳥の瞑想」**を毎日、実行してくれたのだと思います。始めて二週間もたったころ、冒頭に記した事件が起きました。要するに、義母に対する**「シャドーのモンスター」**の投影が

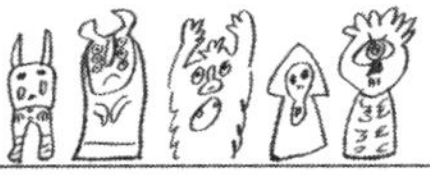

きれいに解消していたのです。
彼女が驚いた、ということは、彼女自身は投影が解消していたことには気づいていなかったのでしょう。
でも、関係性が最悪だった義母に子どもを預けに行ったのは、投影が解消していたからであり、意識レベルでは気付いていなくても、行動にはでるのです。

彼女の場合には、「メタ認知」の獲得による効果は、単に義母との関係性の改善にとどまらず、人生全般に及びました。
生きるのがすごく楽になった、という以下のような感想をいただきました。

「いままでは、電車の運転席のすぐ後ろで、前方をすごい勢いでにらみつけるように生きてきた。
それが、3両目くらいに下がって、全体を遠くから

ぼーっと眺められるようになった。
生きるのがとても楽になった」

彼女の**「メタ認知」**の獲得がとてもうまくいったので、
それからは天外塾の塾生全員で、
「鳥の瞑想」を実行することにしました。

彼女が、「ピーちゃん」と名付けた
鳥の絵を描いてくれたので、
それをもとにバッジを造り、
しばらくは塾生に配っていました。

11：心の闇に潜む「モンスター」——内なる影との対話

本書は、なるべく難しい言葉を使わずに、中学生でも理解できるように、という主旨で書き進めてきました。でも、10章では突然「**シャドーのモンスター**」という訳のわからない難しい言葉が飛び出してきて、初めて接した方は驚かれたかもしれません。

この言葉は、天外の造語であり、訳が分からないのは当然です。

巻頭の「モンスター図」を見てください。
可愛いモンスターがたくさん描いてありますね。
ものすごくマンガチックでけたたましい絵ですが、これは、人間の深層心理を表したきわめて真面目な絵です（笑）。

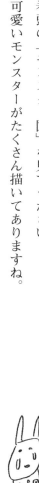

心理学では、「シャドー（影）」という概念を大切にしています。
何らかの理由、何らかの事情により、心の奥深くに
自分からは見えないように押し込んでしまった衝動や情動、
あるいは部分的な性格や癖のことです。
要するに否定して、ないことにしてしまっているのです。

何故押し込んでしまうかというと、人間は社会的動物ですから
それをあからさまに表に出すと、
社会的に問題が生じる、誰かから非難される、誰かを傷つける、
などの状況を避けようとするからです。

たとえば、巻頭の「モンスター図」には、抑圧された「性欲」が
モンスターとして描いてあります。
私たち人間も、まぎれもない哺乳類の動物ですから当然、

種族保存本能としての「性欲」は、かなり強烈に持っています。しかしながら、野生動物のように、それをむき出しにして行動したら、たちまち社会から排斥されてしまうでしょう。

深層心理学を最初に開拓したフロイトは、抑圧された「性欲」だけで人間のすべての行動原理を説明しようとしたくらいです（性欲一元説）。これは、「性欲」に対してものすごく抑圧的なキリスト教の影響が強かった、19世紀のオーストリアの時代背景を反映しています。その後、「死の恐怖」など多くのモンスターが発見されています。

この図には、五匹のモンスターしか描いていないですが、実際には、「親のモンスター」とか「嫌味な上司のモンスター」とか、何百匹ものモンスターを心の奥底に抱えているのが、人間という生き物の実態です。

何故、私がモンスターと呼ぶかというと、ひとつの理由は抑圧すると巨大化するからです。心の奥底の暗闇に抑え込んでいると、実態よりはるかに大きく育ってしまい、いろいろな悪さを仕掛けてきます。

だから、「**シャドーのモンスター**」と呼んでいるのです。もうひとつの理由を、いまからお話ししましょう。

2005年の、最初の天外塾での話です。

年配の経営者が、事業を継がせようと息子さんを会社に入れたのですが、関係性が険悪になってしまい、とても悩んでおられました。

能力もなく、態度も悪く、人望もない……とてもじゃないが事業承継はできそうもない、とクソミソにけなすのです。

私は、あなたが先代から事業を引き継いだ時は

どんな感じだったのですか、と聞きました。
すると、オヤジは15年前に死んでいるけれど、いま思い出しても体が震えるほど憎い、ということでした。

私は、数年前のフィンドホーン（＊スコットランドにあるスピリチュアル・コミュニティ）で、人生で経験するすべてのトラブルは親子の葛藤が遠因だ、ということと、その葛藤を解消するための瞑想ワークを教わっていました。ためしに、その経営者に一か月間、みっちりその瞑想を実行してもらいました。

一か月後に、その経営者は父親への憎しみが全く消えていることに気付いて、とてもびっくりしました。
それから、また一か月以上かかりましたが、息子さんとの関係性はきれいに修復され、事業承継も

とてもスムースにうまくいきました。
それを聞いて、今度は私がびっくりしました。
何故かというと、ワークをした相手は15年前に亡くなった自分の父親だけであり、息子さんには何のアプローチもしていないのにもかかわらず、息子さんとの関係性が劇的に改善されたからです。

このことから、実際の父親は15年前に亡くなっていても、父親のモンスターは心の奥底で生きており、様々な悪さをしている、という人間の深層心理のメカニズムが、実感としてよくわかりました。
私がモンスターという言葉を使うようになったのは、それからです。

これをきっかけに、天外塾では20年間にわたって
瞑想ワークが工夫されてきました。

12：日常に溶け込む「鳥の瞑想」――「鳥の眼」で世界を見よう

「鳥が肩にとまってチュンチュンとつついてくるのです」

……彼女は、何度イメージしても、鳥が肩に来ていました。

はっきりいって、これは失敗例です。

３ｍ以上離れたところにいないと、「鳥の瞑想」になりません。

何故でしょうか？


６章では、インディアンのスウェット・ロッジで、紛争当事者が創造主にお祈りをしているうちに紛争が解決してしまう、というお話をしました。

最終的に、創造主の視点で物事が眺められれば、いかなるトラブルも解決してしまいます。

「究極のメタ認知」といってもよいでしょう。

心理学の世界では、創造主のかわりに**「真我（アートマン）」**を持ってきます（巻頭のモンスター図参照）。
最終的には、**「真我」**の視点からの**「メタ認知」**へ行きたいのですが、創造主も**「真我」**も抽象的で、イメージすることは簡単ではありません。
そこで、仮の姿としてイメージしやすい「鳥」を持ってきたのです（巻頭の多重の我の図参照）。

本書では、詳しくご説明する余裕はありませんが、**「真我」**というのは、時間も空間も定義できない**「あの世」**の存在です［8］。

時間も空間も存在しない世界というと、多くの人が「えっ！」と驚きます。

「そんな世界はあり得ない」というのが最初の反応です。

でも、意外にも私たちは心の底では、それを受け入れているのです。

たとえば、東京で死んだ人の幽霊がニューヨークで出てきても、

だれも文句をいいませんよね（笑）。
幽霊は、飛行機の切符を買わなくても、ヒュルヒュルとどこにでも、
瞬時に飛んでいけるのです。
これが、空間がない、ということです。

空間がない**「あの世」**の存在を、３ｍの距離で代表させています。

３ｍ以上の距離を保って**「鳥」**をイメージすると、
創造主の視点に近い良質な**「メタ認知」**を獲得できます。
逆に、冒頭で述べたように鳥が肩にとまってしまった人は、
例外なく強烈な「自己否定」に取りつかれています。
これは、巻頭の多重の我の図でいうと、二番目の「自己否定観の我」
が鳥に乗り移っていることに相当します。
「あの世」の**「メタ認知」**のかわりに、
「この世」の「自己否定」という感じでしょうか。

でも、考えてみると、いま、ほとんどの人が「この世」の
「自己否定」に支配されて日常生活を送っています。
鳥が肩にとまってしまった人が特別なのではなく、
社会の中で大多数の人がその状態で生きているのです。
「あの世」の**「メタ認知」**というのは、
その状態からの脱出を意味しています。

その二つの状態では、わずか３ｍの距離が
分かれ目になっていることが、とても面白いと思います。

さて、それでは**「鳥の瞑想」**の実行に向かって、
詳細なご説明をいたしましょう。

すでに何度も述べているように、**「鳥の瞑想」**というのは、
常に自分の右後ろ上方に３ｍ以上離れて**「鳥」**がいて、

どんなときでも常に自分を見守っていてくれる、という**「観想」**であり、24時間、365日続くワークです。

忙しい日常の中で、**「鳥」**の存在などは忘れてしまいますが、気が付いた時に「あ、鳥」と思い出せば十分です。

「鳥」には、何らアクティブな役割はなく、ただひたすら見ているだけなのですが、その見方に次の条件があります。

冷静に

客観的に

中立的に

「いい・悪い」の判断をしないで

……見守る、ということです。

これは、もちろん**「メタ認知」**の条件であり、最終的には自分がそういう見方で外界を見るというのがターゲットになりますが、

いきなり自分がそういう状態になるのは無理筋なので、まずは、**「鳥」**に**「メタ認知」**の状態で自分を見てもらう、と観想するというステップです。

ただ、**「鳥」**の視点から自分を見るという練習も必要なので、一日一回「実況中継」をする、というワークを新たに追加しました。これは、２０２４年7月23日、べてるの家で学んだ内容です（４章）。

この中で、「いい・悪い」の判断をしない、というのが一番の難関です。私たちは、幼少期から瞬間的に判断する習慣が身についています。だから、なかなかそこからは抜けられません。でも、自分は判断しても**「鳥」**は判断していない、という観想は可能です。

たとえば、オリンピックで金メダルが取れたら「キャーッ」と喜びますね、でも、**「鳥」**は喜びません。「いま、あんたは金メダルを取ったね」と、

事実だけを淡々と見てくれる、という感じです。
逆に、もし全財産を失ったとしたら、がっくり来て泣き叫ぶでしょう。
でも、**「鳥」**は「ああ、あなたは全財産を失ったんだ」と、
事実だけを何の感情も交えずに見てくれる、という観想です。

自分自身は、喜びも悲しみもＯＫで、
思いきりすったもんだすればいい、というので気は楽です。
とても大変なことが起きて、パニックになった時、
「鳥」の存在を思い出したら、パニックから抜けることができた、
という方が数人いらっしゃいました。
普段から**「鳥の瞑想」**を日常的に続けていると、
たとえ**「メタ認知」**が獲得できる前でも、
いろいろなメリットがあるようです。

さて、それでは**「鳥の瞑想」**のやり方をまとめましょう。

「鳥の瞑想」

①ー 自分の右上後方３ｍ以上離れて「鳥」がいるとイメージする。鳥はハチドリのようにホバリングしていても、トンビのように気流に乗っていても、ただ存在していてもよい。

②ー 鳥は、常に自分のことを「冷静に」、「中立的に」、「客観的に」、「いい・悪い」の判断をしないで見てくれている、と観想する。

③ー 鳥に名前を付ける。

④ー これは 365 日、24 時間のワーク。忘れていても、ふと気付いたら鳥をイメージする。

⑤ー １日１回、鳥から自分を見ている視点で、実況中継の練習をする。なるべく心穏やかな何にもない時を選ぶ。具体的に自分の姿をなるべく詳細に、多少はユーモア交じりに実況中継してみる。慣れてきたら、少ししんどい時にも「実況中継」をトライしてみる。

⑥ー 朝晩軽い瞑想をして「○○ちゃん（鳥の名前）、いつも見守ってくれてありがとう」と、鳥に感謝する。これは、自分に「鳥の瞑想」を続けているよ、と念を押す儀式。

⑦ー イメージの中で、鳥が近付いてきたら失敗。必ず３ｍ以上の距離をとる。

むすび：瞑想が導く「新しい自分」――「変容」への旅に出よう

本書は、『あけわたしの法則』（内外出版、２０２４年［5］）と姉妹関係にあります。

8章では、人の発言で傷つかなくなるためのワークとして、本書でお伝えしている**「鳥の瞑想」**のほかに、**「あけわたし瞑想」**がある、とお話ししました。

その「あけわたし」について、詳しく書いたのがこの本です。

瞑想法としては、**「鳥の瞑想」**は12章で、**「あけわたし瞑想」**はAPPENDIXで詳しく説明しておりますので、読者の皆さんはぜひ実行していただけると嬉しく思います。

両方とも、とても簡単な方法論であり、特別な指導を受けなくても、誰でもすぐに実行可能であり、副作用もなく、効果抜群です。ワークを実行するだけだったら、本書の中身を読まなくても、12章のコラムとAPPENDIXだけ見れば問題なく実行できます。

これはたとえば、浄土宗・浄土真宗の「他力の教え」が、深遠な宗教的な教義とは別に、ワークとして、ただひたすら「ナムアミダブツ」と称えなさい、と説いているのと似ています。

とはいうものの、本書や『あけわたしの法則』などの本の内容もぜひ読んでいただきたいと思います。「人の発言で傷つかなくなる」以外にどういう効能があるのか、人間の深層心理の微妙な働きを原理的に把握する、などの貴重な情報を提供しているからです。

そういう知識があったほうが、ワークを実行する励みになるでしょう。

ただ、知識があるからといってワークの効果が上がるかというと、そんなことはありません。

ワーク自体は、むしろ知識からくる期待を退けて、何も考えずに淡々と実行することをお薦めします。


両方とも、方法論としては超簡単ですが、実行にはかなりの粘り強さが必要です。

「鳥の瞑想」の場合には、常に鳥が自分を見守っている、という観想を毎日々々キープします。「見守られている」という意識をはぐくむのです。

忙しい日常生活の中で、一日何回くらい「鳥」を思い出せるかがキーです。頻繁に思い出していると、やがて意識しなくても、そこに「鳥」がいるような感じがしてきます。

あと、「鳥」の視点で自分を眺めて「実況中継」する練習を一日一回以上しましょう。

「あけわたし瞑想」のほうは、本格的な瞑想ワークです。それも、「スートラ瞑想」という、ちょっと特殊な瞑想法です。正式には、最初にマントラを称えて軽い瞑想に入り、それから佐野和之さんの「へなちょこスートラ」（APPENDIXで紹介）を１０８回称えます。この回数は、天外塾では月に一回セミナーがあるので、毎朝、毎晩実行して、一か月間でスートラを称える回数が累計５０００回以上になり、次のセミナーまでにある程度の効果が実感できるように、という配慮です。

個人で実行する時は、もっと少なくても一向にかまいません。ただ、累計５０００回以上はいかないと効果が目に見えては現れません。

「鳥の瞑想」と併用している時には、瞑想の最後に「鳥」の名前を呼んで、「いつも見守ってくれてありがとう！」と必ずお礼をいいましょう。

もし、「へなちょこスートラ」が暗記できたら、散歩やジョギングの時にテンポに合わせて称えると、一層効果が高まります。その時には、最初のマントラは省略しても一向にかまいません。

両方とも、あまり気張らずに、気軽に、ちゃらんぽらんに実行することをお薦めします。ただ、いずれも累計が大切なので、二年も三年もかけて、のんびりと息を長く、実行してください。


効果が実感できたら、ＳＮＳなどで投稿していただけると、後に続く者たちの励みになります。その時には「鳥の瞑想、Ｘ日目」、「あけわたし瞑想、累計ＸＸ回」などと書いていただくと、わかりやすいと思います。


蛇足ですが、「鳥の瞑想」で獲得しようとしている「メタ認知」に関しては、ピーター・センゲも知的成長の一要素として挙げています（文献［11］、Ｐ３６２）。

また、その単語は使っていませんが教育のリーダーシップでとても大切な要素だ、という認識を示しており、「ダンスフロアを見下ろすバルコニー」という表現をしています（文献［11］、Ｐ１２０）。

彼は、どうしたらそれを獲得できるかは示していませんが、本書がその回答のひとつ

を提示しています。

「まえがき」で述べたように、本書は中高生にも読んで欲しいという意図をもって「大人の絵本」という挑戦をしました。どのくらい届くかわかりませんが、もし「いいな」と思っていただけたら、ぜひお友達にも薦めてみてください。

また本書は、かえつ有明中・高等学校訪問がきっかけで生まれた本であり、当日ダイアログにご参加いただいた参加者や高校生、先生方、とりわけ巻頭言をいただいた小島貴子校長、「あけわたし瞑想」のスートラをご提供いただいた佐野和之副校長に深く感謝いたします。

それでは、本書が皆様を「すばらしいジャーニー」にお連れできることを願って筆を置きます。

APPENDIX

「あけわたし瞑想」

毎朝・毎晩、下記の瞑想を実行します。

注：**マントラ**＝音のエネルギー中心の呪文
スートラ＝意味を重視した祈りの言葉

1．最初に、マントラを称えて軽い瞑想に入ります。

マントラは「ナムアミダブツ」、「ナムミョウホウレンゲキョウ」、「アーメン」、「ハレルヤ」、「ギャアテイ・ギャアテイ・ハラギャアテイ・ハラソウギャアテイ・ボウジソワカ」（般若心経のマントラ）、「カンナガラタマチハエマセ」、「トホカミヱヒタメ」（神道のマントラ）、「オム・マニ・ペメ・フム」（チベット密教のマントラ）、など何でもよいのですが、特にこだわりがなければ稲盛和夫氏が小学校のころ授かったという隠れ念仏のマントラ（下記）がお薦めです。

「ナンマン・ナンマン・アリガトウ」

このマントラだと、72 回称えると軽い瞑想状態に入れます。「アーメン」などの短いマントラだと、１０８回は必要です。マントラは声に出す必要はなく、心の中で唱えます。

2．下記のスートラを１０８回称えます。声に出さなくてもＯＫです。

褒められなくてもいい、ちっちゃくてもいい、卑怯者でもいい、自分勝手でもいい、責任果たさなくてもいい、価値出さなくてもいい、役に立たなくてもいい、負け犬でもいい、こんなダメダメな自分でも大丈夫、守られてるんだから。

3．最後に合掌し、静かに呼吸し、スートラが身体にしみこむイメージをします。

4．スートラを合計５０００回程度称えると、何らかの効果が実感できます。（毎朝・毎晩１０８回ずつだとおおよそ一か月）

参考文献

［１］天外伺朗作、小川健一画『名経営者に育った平凡な主婦の物語』昇夢虹、２０１４年

［２］天外伺朗作、柴崎るり子画『大きな森のおばあちゃん』明窓出版、２００１年

［３］天外伺朗『融和力』内外出版、２０２２年

［４］ダニエル・ゴールマン、ピーター・センゲ『21世紀の教育』ダイヤモンド社、２０２２年

［５］天外伺朗『あけわたしの法則』内外出版、２０２４年

［６］天外伺朗『ここまで来た「あの世」の科学』祥伝社、１９９４年

［７］向谷地生良『「べてるの家」から吹く風』いのちのことば社、２００６年

［８］天外伺朗『教えないから人が育つ：横田英毅のリーダー学』講談社、２００３年

［９］天外伺朗『自己否定観』内外出版、２０２０年

［10］Ｍ・Ｂ・ローゼンバーグ『ＮＶＣ　人と人との関係に命を吹き込む法』日本経

済新聞出版、２００２年
[11] ピーター・センゲ他『学習する学校』英治出版、２００４年

天外伺朗　プロフィール

工学博士（東北大学）、名誉博士（エジンバラ大学）。

1964年、東京工業大学電子工学科卒業後、42年間ソニーに勤務。上席常務を経て、ソニー・インテリジェンス・ダイナミクス 研究所（株）所長兼社長などを歴任。

現在、「ホロトロピック・ネットワーク」を主宰、医療改革や教育改革に携わり、瞑想や断食を指導。

また「天外塾」という企業経営者のためのセミナーを開いている。

さらに2014年より「社員の幸せ、働きがい、社会貢献を大切にする企業」を発掘し、表彰するための「ホワイト企業大賞」も主宰している。

著書に、『「ティール時代」の子育ての秘密』、『「人類の目覚め」へのガイドブック』、『実存的変容』、『ザ・メンタルモデル』（由佐美加子・共著）、『自然経営』（武井浩三・共著）、『幸福学×経営学』（小森谷浩志・前野隆司・共著）、『人間性尊重型 大家族主義経営』（西泰宏・共著）、『無分別智医療の時代へ』、『「自己否定感」怖れと不安からの解放』『「融和力」混沌のなかでしっかり坐る 』（いずれも内外出版社）『大きな森のおばあちゃん』、『花子！　アフリカに帰っておいで』、『運命のシナリオ』（いずれも明窓出版）など多数。

2021年の夏、これからの生き方や在り方、暮らし方をみんなで学ぶオンラインサロン「salon de TENGE」をスタートした。

鳥《とり》の瞑想《めいそう》で開《ひら》く第三《だいさん》の視点《してん》とメタ認知《にんち》の奇跡《きせき》

たった10分《ぷん》の積《つ》み重《かさ》ねが人生《じんせい》を変《か》える

天外《てんげ》　伺朗《しろう》

明窓出版

令和七年　四月二十五日　初刷発行

発行者――麻生真澄
発行所――明窓出版株式会社
〒一六四―〇〇一二
東京都中野区本町六―二七―一三
振替　〇〇一六〇―一―一九二七六六

印刷所――中央精版印刷株式会社

巻頭口絵　無意識層に巣くうモンスターたち：大野　舞
カバー画、イラスト：昇夢虹

ISBN978-4-89634-487-5

「YOU は」宇宙人に遭っています
スターマンとコンタクティの体験実録

アーディ・S・クラーク　益子祐司 翻訳　本体価格 1,900 円＋税

「YOUは」
宇宙人に遭っています
スターマンとコンタクティの体験実録
アーディ・S・クラーク 著
益子祐司 翻訳
本書は史上最もリアルな接近遭遇のリポートである
900人を超える遭遇者の長期取材を通じて記録された実態ドキュメンタリー。日本人と深く関わるインディアンがついに明かしたスターマンと人間の交流とは？
全米UFO会議メイン講師による話題作 待望の日本語翻訳版

「我々の祖先は宇宙から来た」― 太古からの伝承を受け継いできた北米インディアンたちは実は現在も地球外生命体との接触を続けていた。

著名な先住民族の研究者による現代の北米インディアンたちと〝スターピープル〟との遭遇体験の密着取材レポートの集大成。
退行催眠による誘導ではない個人の意識的な体験と記憶の数々を初めて公開した本書は、**スターピープルは実在する**という世界観と疑いの余地のない現実を明らかにするも
である。

虚栄心も誇張も何一つ無いインディアンたちの素朴な言葉に触れた後で、読者
UFO 現象や宇宙人について以前までとは全く異なった見方をせざるをえなくなるだろ
宇宙からやってきているのは我々の祖先たちだけではなかった
だ。

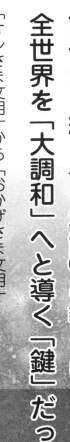